KB058977

"키스, 해도 돼?"

"저기, 아오이."

발끝으로 지면을 박차고, 또 지면을 박찼다.
입에서 흘러나온 숨결은
점점 새하얀 색으로 변해갔다.
나는 그 숨결을 길바닥에 내버려 둔 채,
하염없이 앞으로 나아갔다.

함께 쇼핑 중

The Low Tier Character
"TOMOZAKI-kun"; Level.6.5

# CONTENTS

나카무라 슈지

Design Suzumushi Utsugi + Caiko Monma
(musicagographics)

# 약캐 토모자키 군
# 6.5

**야쿠 유우키** 지음 | **플라이** 일러스트 | **이승원** 옮김

커버·권두·본문 일러스트 | **플라이**

# 약캐 토모자키 군

야쿠 유우키 지음
Yuki Yaku Presents

플라이 일러스트
Illustration Fly

The Low Tier Character
"TOMOZAKI-kun";
Level.6.5

## Lv.6.5

### 캐릭터 소개

**토모자키 후미야**
고교 2학년. 약캐.

**하나미 아오이**
고교 2학년. 학교의 퍼펙트 히로인.

**나나미 미나미**
고교 2학년. 무드메이커.

**나츠바야시 하나비**
고교 2학년. 조그맣다.

**이즈미 유즈**
고교 2학년. 잘 나가는 여자애.

**키쿠치 후카**
고교 2학년. 책을 좋아한다.

**미즈사와 타카히로**
고교 2학년. 미용사 지망.

**나카무라 슈지**
고교 2학년. 반의 보스 격.

**타케이**
고교 2학년. 덩치가 좋다.

**나리타 츠구미**
고교 1학년. 여러모로 프리덤.

**콘노 에리카**
고교 2학년. 반의 여왕

The Low Tier Character
"TOMOZAKI-kun";

# 1

예비 퍼펙트
히로인의 우울

"좋아, 올랐어……."

중학교 2학년, 초여름. 교실.

히나미 아오이는 1학기 중간고사 결과를 확인하면서 고개를 살며시 끄덕였다.

거기에 적힌 순위는『3등』이었다. 아직 한 번도 1등을 한 적이 없지만, 1학년 3학기 기말고사 때보다 순위가 여섯 계단이나 올랐다.

그녀는 중학교 1학년 1학기 중간고사 때부터 한 번도 순위가 떨어지지 않았으며, 느릿느릿하기는 하지만 착실하게 순위를 올리고 있다.

그녀가 정성 들여 쌓아온 노력이 지금 이렇게 결과가 되어 현실에 반영되고 있는 것을, 히나미는 실감하고 있었다.

바로 그때, 클래스메이트인 마츠오카 유키가 히나미에게 말을 걸었다.

"히 양은 몇 등이야?"

히 양이라 불린 히나미는 이 질문에 어떻게 대응하는 것이 최선인지 생각했다. 겸손한 태도를 취하는 게 좋을까, 아니면 자랑스레 말해서 코미컬한 반응을 유도하는 게 좋을까. 그녀는 예전의 시험에서 이렇게 좋은 성적을 낸 적이 없다. 그래서 이럴 때 어떤 반응을 보이는 게 가장 좋은 결과로 이어지는지, 아직 판단하지 못했다.

여러 패턴을 고려한 히나미는 일단 당당한 태도를 보이

기로 했다.

"짜잔~. 3등이야!"

히나미는 의기양양한 태도로 들고 있던 종이를 보여줬다.

"와, 대단해~! 이제까지의 성적 중에서 가장 좋은 성적 맞지?"

"응, 맞아! 해냈어~."

"오~. 하긴, 최선을 다했잖아~."

"뭐, 이게 내 재능이라는 거야."

"으스대지 마!"

히나미는 즐겁게 대화를 나아가면서 깨달았다.

좋은 성적을 받았을 때의 태도로서, 이것도 하나의 정답일지도 모른다. 아마 중요한 것은 어중간하게 멋쩍어하는 게 아니라 세게 나가는 것이다. 히나미는 최근 1년 동안 늘린 대화 스킬의 레퍼토리에 이 방법을 추가했다.

"유키는 어때~?"

히나미가 질문을 던졌다.

"으음~, 나는 여전히 평균 이하야~. 70등."

마츠오카는 그렇게 말하면서 성적표를 보여줬다. 그 순간, 히나미는 망설였다. 대화를 주고받다 무심결에 물어봤지만, 이런 상황에서 뭐라고 대답하면 좋을지 판단이 서지 않았다.

자신이 3등이라고 말한 이상, 70등도 잘한 거라고 말하면 부자연스러울 것이다. 그렇다고 놀릴 정도로 낮은 순위도 아니다. 그리고 자신의 순위를 자랑하는 방식을 연달아 두 번이나 쓰는 것도 상대방에게 부정적인 느낌을 안겨줄지도 모른다.

히나미는 눈앞에 존재하는 정보와 자신이 알고 있는 정보를 조합한 후, 이 상황에서 가장 적절한 해답을 모색했다.

그리고, 내놓은 결론은……

"아~. 이번에는 수학이 어렵긴 했어~."

그녀가 주목한 것은 마츠오카의 성적표에 적힌 각 과목의 점수였다. 그중에서 수학의 점수만 유독 낮았다.

마츠오카는 히나미의 말을 듣더니 고개를 끄덕였다.

"맞아, 맞아! 평균도 평소보다 좀 낮았잖아. 진짜 너무 어려웠어. 나, 하나도 몰랐다니깐. 그래서 이것만 평균보다 많이 밑돌았다니깐."

"이해해! 그건 진짜 어쩔 수 없어~."

히나미는 동조하듯 고개를 갸웃거렸다. 다만 시험의 난이도가 높은 것과 평균점을 못 받는 것은 전혀 상관이 없으며, 히나미도 그 점을 알고 있다. 하지만 그녀는 그 점을 지적하지 않으며, 스무스하게 대화를 이어갔다.

"다음에는 좀 더 열심히 해볼래! 아오이, 기말 때는 공부 좀 가르쳐줘!"

"아하하. 그때까지 의욕이 남아있다면 가르쳐줄게."

"으으, 없을 것 같아."

"그렇지?"

자신이 어느 정도 주도권을 거머쥐면서도, 웃음을 유도하며 대화를 이어나갔다.

히나미는 날이 갈수록 자신의 스킬이 성장하고 있다는 사실에, 만족감과 안도감을 느꼈다.

* * *

방과 후, 농구부 소속인 히나미는 부실에서 자신이 다음에 할 일을 생각했다.

공부 쪽으로는 어느 정도 결과가 나오고 있다. 이 정도로 만족할 수는 없고, 앞으로도 지금까지의 방식으로 꾸준히 해나간다면 올해 안에 전교 1등이 될 자신이 있다.

운동 또한 1학년 때는 같은 또래 평균 수준이었지만, 2학년 첫 체력 테스트 때는 상위 20퍼센트 안에 들어갔다. 앞으로도 꾸준히 노력한다면, 기록은 더 좋아질 것이다.

부활동인 농구에서도 신체 능력에서 밀리는 면이 있지만, 슛이나 드리블, 순간적인 판단 등의 구체적인 스킬 면은 동급생들에게 뒤지지 않는 레벨에 도달했다는 것을 실감했다.

대인관계와 용모, 집단에서의 포지셔닝에 있어서도 마찬가지다.

1학년 1학기 때는 준비가 덜 되었기에 평균 정도의 위치에 만족할 수밖에 없었지만, 6월 현재 그녀는 반 안의 여자 중에서 리더격 포지션을 서서히 거머쥐고 있었다. 게다가 그 포지션을 손에 넣기 위해 쓴 수법은 충분히 체계적이기 때문에, 그 위치를 유지할 확신이 있었다.

왜냐하면, 이런 결과는 전부 단순한 『반복연습』으로 이뤄낸 것이기 때문이다.

"그럼 다음은……."

즉, 이제까지 획득한 것은 전부 『베이스』다. 그녀는 정해진 상황에서만 즉효성이 있는 특정한 스킬이 아니라 그 토대. 즉, 기초능력이 되는 부분을 하염없이 연마하고 있다.

그 결과, 서서히 여러 분야에서 성과를 내고 있다. 그것은 그녀의 자신감으로 이어졌고, 그 자신감이 주위에 대한 설득력마저 자아내고 있었다.

그렇다면 이쯤에서 새로운 목표가, 자기 자신을 더욱 높은 경지로 이끌기 위한 스테이지가 필요할지도 모른다.

그런 생각을 하고 있을 때── 사건이 발생했다.

＊ ＊ ＊

"나와, 사귀어줬으면 하는데……."

방과 후, 학교 건물 뒤편.

히나미 아오이는 농구부 선배에게서 고백을 받았다.

히나미는 적지 않게 놀랐다.

물론 이제까지 고백을 받은 적이 없던 건 아니다. 광기에 가까운 노력을 시작하면서, 공부와 운동만이 아니라 외모의 레벨도 극적으로 좋아진 중학교 1학년 때부터 정기적으로 남자에게 고백을 받았다.

하지만, 연상의 남자에게 고백을 받은 건 처음이었다.

핫토리 아키라. 중학교 3학년. 남자 농구부의 부부장이다.

거의 항상 레귤러로 경기에 출전해 활약하고 있으며, 농구부 안에서의 신뢰 또한 두텁다. 후배 여학생들 사이에서도 인기가 좋은, 히나미보다 상위 계급인 존재다. 히나미와는 사적으로 같이 놀 만큼 친한 사이는 아니지만, 농구부는 남녀 간의 교류가 깊기 때문에 자주 이야기를 나눴다.

"으음……."

히나미는 생각했다.

고백을 받아서 기쁘기는 했다. 자신이 그 정도로 가치가 있는 존재가 되었다는 사실을 객관적으로 확인할 수 있었고, 어디까지나 한 사람의 인간으로서 좀 멋쩍기도 했다.

하지만, 지금의 자신에게 누군가를 좋아하게 된다는 감정은 거의 존재하지 않았다. 자신은 자신이 목표로 삼는 방향을 향해 나아가는 것만으로도 벅찼으며, 그것에 할애할 시간을 빼앗기는 것도 싫었다.

하지만 마음에 걸리는 점이 있었다.

새로운 목표. 자신을 더욱 높은 경지로 이끌어줄 스테이지.

그리고 이『선배에게 고백을 받는다』라고 하는 지금까지 한 번도 경험해보지 못한 일이 이 타이밍에 발생한 것 자체가 누군가의 계시처럼 느껴졌다.

그런 운명론에 가까운 생각은 부모님과 비슷하다는 느낌이 들자, 그런 무의식에 새겨진 인식 자체에 히나미는 혐오감을 느꼈다. 하지만 논리적, 합리적으로 생각해봐도 그 결론에는 변함이 없었다.

학생에게 있어 공부, 부활동, 친구, 다음은—— 아마도 연애일 것이다.

앞의 세 개는 최정상까지 올라갈 방법을 얼추 찾았다. 그렇다면, 이쯤에서 연애도 경험하자고 생각하는 것이 자연스러울지도 모르겠다.

아니, 이제까지 자기 자신을 갈고닦아온 덕분에, 연애라는 스테이지를『같은 부에 속한 인망 있는 선배』라고 하는, 학교라는 공동체에서 지위가 높은 사람을 상대로 시작할 수 있다. 그것은 이 게임에 있어서 매우 긍정적인 환경일 것이다.

그렇다면 한 번 시험을 해보며, 앞으로 나아갈 길을 모색해보는 것이다.

지금의 자신이라면 그것을 제대로 판단한 경험, 그리고 지성을 겸비하고 있을 것이다.

그렇게 판단한 히나미는 환하게 웃으면서 입을 열었다.

"──예! 잘 부탁드려요!"

 * * *

그날, 두 사람은 단둘이서 하교하기로 했다.

히나미는 자신들의 관계를 다른 사람들에게 밝힐지 말지 망설였지만, 핫토리가 남자 농구부 멤버들에게 별생각 없이 그 사실을 밝혔다. 그 결과, 하루 만에 남들에게 교제 중이라는 사실이 알려졌다.

핫토리는 그것을 『남자다운 행위』라고 생각하며 실행에 옮긴 것 같지만, 그에 의해 발생할 인간관계의 변화를 생각해보자, 그것을 합리적이라고 여겨도 될지 의문이었다. 히나미는 이 상황을 어떻게 받아들이면 좋을지 판단이 서지 않았다.

그리고 농구부의 연습이 끝난 후…….

여자 농구부 부실은 그 화제로 시끌벅적했다.

"핫토리 선배와 사귄다며?!"

"으, 응."

"정말~?! 어쩌다 그렇게 된 거야~?!"

"으음, 문자 메시지를 받고 갔다가 고백을…….."

"꺄아~!"

환성이 터져 나왔다. 히나미는 그 소리를 듣고 어떤 사실을 배웠다.

이렇게『연인』이라는 관계를 만들자, 어디까지나 개인적인 일인데도 불구하고 혼자서는 컨트롤을 할 수 없는 상황이 부쩍 늘었다.

이것은 필연을 반복하며 성장해 나가려 하는 히나미에게 있어서는 절대 긍정적인 상황이라 할 수 없었다. 하지만 히나미는『연애란 그런 것이다』라는 사실을 배운 점에는 큰 가치가 있다는 느낌을 받았다.

분명 자신이 지금까지 살아오면서 눈치채지 못했을 뿐만 아니라 알지 못했던 세계, 새로운 스테이지, 그리고 앞으로의 인생에서 꼭 거치게 될 필수적인 과제다. 이른 단계에서 그 편린을 경험하는 것도 결코 나쁘지 않으리라.

"하긴~, 아오이는 귀엽잖아~."

그 목소리에는 약간의 질투가 어려 있었다.

"아, 아니, 그렇지는……."

히나미는 겸손한 척하면서 생각했다.

"하, 하지만 나…… 남자와 처음으로 교제하는 거야."

"어, 그래~?"

"응. 마유는 사귀어본 적 있지?"

"으음~. 1학년 때 잠깐 남친이 있었어."

"그럼 내 조언 상대가 되어주지 않을래?"

"뭐? 아, 응. 좋아!"

히나미는 이런 식으로 대화의 흐름을 교묘하게 컨트롤했다.『동경하는 선배의 여친』은 선망의 대상이 되기 쉬운 포지션이다. 그렇기 때문에, 히나미는『첫 남친』이라는 약점을 드러내면서 일부분에서 수동적인 태세를 취했다.

게다가 연애를 해본 적 있는 상대의 우위성을 강조하며『조언 상대가 되어줬으면 한다』라는 말을 건네서, 상대방의 자존심을 추켜 세워주며 동료의식을 가지게 했다.

하지만 히나미의 근본에는『동경하는 선배와 사귀는 동급생』이라는 절대적인 전제가 존재하기 때문에, 농구부 안에서의 지위가 떨어질 일은 없다. 그런 절묘한 밸런스의 말을 통해, 상황의 큰 변동 때문에 휘청거리는 관계성에 새롭게 튼튼한 기둥을 세웠다.

그렇게 히나미는 여자의 질투를 자극하지 않으려 하면서, 절묘한 거리감으로 악의의 싹을 없앴다.

그리고 그것조차도 히나미에게 있어서는 새로운 깨달음이었으며, 일종의 자극적인 스테이지이기도 했다.

* * *

방과 후.

"미안해~. 나 때문에 일이 성가시게 됐네."

"아뇨! 저도 일이 이렇게 될 줄은 몰랐어요."

남들에게 그냥 털어놓으면 이런 일이 벌어지는 게 당연하다고 히나미는 생각했지만, 아마 남자와 여자는 연애에 대한 감도가 다를 것이다. 그녀는 딱히 짜증을 내지 않으면서, 『커플』이 된 첫날의 대화를 체험했다.

히나미는 예전과는 다른 내용의 이야기를 나눠야 할지 고민하면서도, 일단 평소와 다름없이 가벼운 잡담을 나눴다.

"핫토리 선배는 중간고사 어땠어요?"

"으음, 그저 그랬어. 그리고 지금은 학교 시험보다 수험 공부를 더 중요시하고 있거든."

"아, 그것도 그러네요."

히나미는 상대가 눈앞의 목표만이 아니라 중장기적인 목표를 추구할 수 있다는 점에서 매력을 느꼈다. 나이가 한 살 많은 만큼, 히나미와는 눈에 보이는 것이 다를지도 모른다.

"아, 그런데 말이야."

"예?"

핫토리는 약간 멋쩍은 듯이 목덜미를 긁적였다.

"그냥 반말을 써주면 안 될까? 그리고 선배라고도 부르지 않았으면 좋겠네."

"……아~."

"우리는 사귀는 사이니까 말이야."

단둘만의 공간, 그리고 어정쩡한 거리…….

그런 상황에서 갑자기 듣게 된 『사귀는 사이』라는 말은 지극히 합리적일 뿐만 아니라, 아직 미완성된 소녀인 히나미의 마음을 슬며시 흔들었다.

"……그것도 그래요."

핫토리는 그 말을 듣더니, 장난스레 한쪽 눈을 치켜떴다.

"저기, 그 말도 존댓말이거든?"

"아, 맞네. 아하하."

"하하하."

갑자기 분위기가 누그러졌다. 고백을 통해 가까워진 두 사람 사이에 존재하던, 얇고 투명한 벽이 깨진 것만 같았다. 뜨뜻미지근한 초여름의 바람이 두 사람의 볼을 동시에 쓰다듬었다.

"그럼, 아키라 군?"

"뭐, 지금은 그런 호칭도 괜찮지만……."

핫토리는 약간 의미심장한 어조로 말했다.

"어, 혹시 그냥 이름만으로 불러줬으면 하는 거예요?"

"아, 또 존댓말을 쓰네."

핫토리는 놀리듯이 웃음을 흘렸다. 하지만 그의 눈은 멋쩍다는 듯이 앞을 쳐다보고 있었으며, 히나미는 그가 억지로 여유 있는 척하고 있다는 것을 바로 눈치챘다.

"흐음……."

히나미는 핫토리의 얼굴을 올려다보며, 반쯤 억지로 시선을 맞췄다.

"——아키라는, 내가 그냥 이름으로 불러주기를 바라는구나?"

그것은 중학생치고는 매우 어른스러우면서도 소악마 같
은 한 마디였다. 기습적으로 건넨 그 말에 당하고 만 핫토
리는 얼굴을 붉혔고, 또한 걸음이 빨라졌다.

  히나미는 생각했다. 확실히 이런 연인 간의 커뮤니케이
션을 파악해두면, 앞으로 여자로서 살아가는 데 있어서 크
게 도움이 될 것이다.

  "뭐, 뭐어? 무슨 소리야?"

  "아~. 부끄러워하는 거지?"

  "그런 거 아니거든?"

  "기다려~. 아키라~."

  "너, 왠지 짜증 나."

  "어~, 왜?"

  그렇게 연인다운 대화를 나누는 것도 히나미에게 있어
서는 신선했다. 그녀는 연인관계를 경험하기 잘했다고 마
음속으로 납득했다.


        * * *


다음날 점심시간.
히나미에게 있어 뜻밖의 일이 일어났다.


학교건물 뒤편.
"저기, 왜 히나미가 핫토리와 사귀는 건데?"

"으음……."

여자 농구부 선배에게 그곳으로 불려간 것이다.

3학년 여학생은 세 명이지만, 히나미는 한 명이었다. 즉, 완벽한 열세에 처한 것이다.

이 폐쇄적인 공간의 분위기를 조절해서 위기에서 벗어나는 건, 아직 중학교 2학년인, 그리고 미완성 상태인 그녀에게는 거의 불가능할 것 같았다.

"너, 안나가 핫토리를 좋아하는 걸 몰랐어?"

"그게…… 몰랐어요."

"안나, 울지 마. 괜찮아?"

"자, 휴지 받아."

농구부에 소속된 이 학교 3학년인 모치즈키 안나를, 마찬가지로 3학년인 스도 마미코와 히노 사유미가 달래고 있었다. 마치 가해자가 된 듯한 히나미는 이 상황을 필사적으로 관찰하며 분석했다.

"응, 괜찮아……. 미안해."

모치즈키는 고개를 숙이더니, 히노에게서 티슈를 건네받았다.

그 후, 스도는 짜증 섞인 어조로 히노에게 따졌다.

"잘 들어. 안나는 1년 넘게 핫토리를 좋아했어. 그런데 왜 네가 채가는 건데? 이상하지 않아?"

"그건……."

정말 불합리한 비난이다. 그리고 그게 옳지 않다는 것은 본인들도 어렴풋이 알고 있을 것이다.

그렇기 때문에, 수적 우세로 밀어붙이고 있는 것이다. 3 대1이라는 언밸런스한 상황을 만들어, 다수결로 히나미의 반론을 차단한다. 그렇게 우격다짐으로 밀어붙일 수 있는 상황을 만드는 것이다.

"……죄송해요."

그리고, 히나미는 사과했다.

상대방이 고백을 했다.

안나 선배가 핫토리 씨를 좋아한다는 것을 몰랐다.

애초에 두 사람이 사귀고 있었던 것도 아니니, 그런 점까지 신경 쓸 필요는 없다.

반론이라면 얼마든지 할 수 있으며, 그리고 옳은 것은 그녀이리라. 하지만 이 상황에서 그런 말을 하는 건 정답과 거리가 멀다.

그렇기에, 사과할 수밖에 없는 것이다.

"죄송하다는 말을 듣고 싶은 게 아니거든?"

스도는 무표정한 얼굴로 언성을 높였다.

"어떻게 해줄 건지를 묻는 거야."

"……으음."

어떻게 해줄 거냐고? 그게 무슨 소리지?

히나미는 잠시 생각을 해본 후, 이윽고 저 사람들이 무슨 말을 하고 싶은 건지 눈치챘다.

그리고 마음속으로 그녀들에게 실망했다.

히나미는 입에서 새어나오려 하는 한숨을 참으며, 표정을 관리했다.

이 사람들은—— 헤어지라고 말하는 것이다.

히나미는 이런 인종을 가장 싫어한다.
현실에서 일어난 상황은 언제나 정답이다.
자신이 바라지 않는 상황이 벌어졌다면, 그 배후에는 그렇게 된 원인이 있다.
그런데 왜 그것을 남의 탓으로 돌리며, 상황을 부정하려고 하는 걸까.
물론 결과에는 운과 우연이 영향을 끼친다. 또한, 자신의 행동만으로 어찌할 수 없는 경우도 있으니, 바라지 않는 상황이 벌어진 그 원인과 책임이 전부 자기 자신에게 있지는 않다.
하지만, 그렇다 할지라도…….
유일하게 자신의 힘만으로 바꿀 수 있는, 자신을 바꾸기 위한 노력을 전부 내팽개치며…….
자기보다 어린 상대를 수적 우세를 통해 억압해 자기 뜻을 따르게 하면서까지, **남을 깔아뭉갠다.**
그런 식으로 자신의 바람을 이루려 하는 건, 너무나도 더러운 짓거리다. 역겨울 정도다.
그리고 히나미는 지금까지 그런 상대에게 유린당하는

것을 분하게 여기면서도—— 항상 참았다.

왜냐하면, 자신이 이런 저속한 상황에 휘말렸다는 **현황**의 원인 또한 자신의 행동에 존재한다고 생각하기 때문이다.

그래서 그것을 불합리의 탓으로 돌리며 비극의 히로인인 척 하고 싶지는 않았다.

그렇다면 자신이 해야 할 일은, 스스로가 지닌 힘을 모두 활용한 탈출극이다.

히나미는 자신이 지닌 모든 경험과 스킬을 상기했다.

"……책임을 지라는 거군요."

"그래."

스도는 고개를 끄덕였다. 자신들이 하고 싶은 말이 전해졌다고 생각한 건지, 저 세 사람 사이의 분위기가 약간 누그러졌다. 히나미는 그 틈에 농구부 안에서의 이 세 사람이 위치가 어떻게 되는지 머릿속으로 정리했다.

스도 마미코, 히노 사유미, 모치즈키 안나.

세 사람은 여자 농구부 3학년 중 내부의 교내 계급제도에서 중상위권에서 속한다. 적어도 3학년을 이끄는 리더격 존재는 아니며, 최상위층에 맞서지도 못하지만, 성격이 꽤 밝은 편이기 때문에 하위권에 속하지도 않는다. 그런 인상이다.

농구 실력 또한 중상위 정도일 것이다. 요즘 들어 실력을 겨뤄본 적은 없지만, 아마 세 사람 다 지금의 자신에게 약간 못 미칠 것이다.

곧 신인전이 벌어지며, 그다음에 부내에서 레귤러로 뛸 선수를 정한다. 그리고 본격적인 대회가 열린다. 아마 히나미는 그즈음에 저들보다 실력이 훨씬 뛰어날 것이다. 그리고 저 세 사람도 그것을 어렴풋이 알고 있을 것이다.

그 순간, 『2학년에게 실력으로 밀려서 레귤러 자리를 빼앗긴 3학년』이라는 구도가 생겨난다.

그리고 이렇게 남들 몰래 히나미를 불러낸 사실, 그리고 농구부 안에서의 포지션……. 히나미의 경험에 비춰볼 때, 이런 사람들은 『한 수 아래로 여겨지는 것』에 민감하다. 항상 여유가 넘치는 리더격 존재와 달리, 주위의 시선을 매우 신경 쓰는 것이다.

그러니, 이 상황에서 해야 할 말은——.

히나미는 두려움 때문에 입술이 떨리는 것을 참으며, 입을 열었다.

"……저는 2학년인 동안, 시합에 나가고 싶다는 말을 하지 않겠어요."

히나미는 저 세 사람의 표정을 관찰했다.

아마 이것은 저 세 사람이 애초에 원하던 『대답』과는 다른 제안일 것이다. 하지만 이것 또한 그녀들에게 있어 나쁜 제안은 결코 아니리라.

이 말이, 그녀들에게 어떤 영향을 끼칠까.

"……흐음."

스도는 의견을 묻듯 히노를 쳐다보았다. 그러자 히노는

잠시 망설인 후, 이윽고 고개를 끄덕였다.

"뭐, 그런 식으로 책임을 지는 것도 괜찮지 않을까?"

히노의 말을 듣고, 스도도 고개를 끄덕였다.

"……그래."

스도와 히노는 그렇게 말하며 입을 다물었고, 표정 또한 누그러졌다. 물론 이걸로 안심했다는 반응을 보이면 『실력으로 뒤진다』는 것을 인정하는 것이 되기 때문에, 형식상 인상을 쓰고 있기는 했다.

"예. 죄송해요."

이 상황에 안심한 히나미는 이 일에 마침표를 찍는 듯한 톤으로 사과의 말을 입에 담았다. 그것은 괜한 행동 같아 보이지만, 실은 히나미가 이 상황을 장악하고 있다는 것을 의미했다. 하지만 히나미 이외의 그 누구도 그것을 눈치채지 못했으며, 분위기는 서서히 정상적으로 되돌아가고 있었다.

"잠깐만 있어봐. 그게 무슨 소리야?"

하지만 그때 입을 연 이는 두 사람에게 위로를 받고 있던 모치즈키 안나였다.

"……예?"

히나미는 가능한 한 진지한 어조로 그렇게 되물었다. 정리되어가던 이 상황이 다시 어지럽혀지는 것을 바라지 않기 때문이다.

모치즈키는 언짢은 표정을 지으며 히나미를 노려보았다.

"애초에, 2학년이 시합에 나갈 수 있을 거라고 생각하는 거야?"

아차, 하고 히나미는 생각했다.

모치즈키는 이 세 사람 중에서 가장 농구 실력이 뛰어나다. 만약 히나미가 레귤러가 되더라도, 남은 멤버 안에 있을 가능성이 가장 높은 이가 바로 이 모치즈키였다.

스도와 히나미는 원래 레귤러로 뽑힐 가능성이 낮다. 그렇기 때문에 허영심에 따라 『저 녀석들, 2학년에게 실력으로 뒤졌다』라고 여겨지는 것을 회피할 수 있는 히나미의 제안에 응했다.

하지만 모치즈키는 히나미가 레귤러가 될지라도, 자신도 레귤러가 되어버리면 문제가 없다. 그렇기 때문에, 히나미가 『자신이 2학년인데도 시합에 나갈 수 있다』는 전제로 이야기를 한다는 거만함을 눈치챈 것이다.

"으음……."

히나미는 생각을 바꿨다.

지금 필요한 것은 역시 『책임을 졌다』는 명분이다.

하지만 그렇다고 해서 말이 너무 바뀌면 대충 둘러대는 인상을 주고 말 것이다.

그렇다면, 그 명분을 만족시켜줄 전제를 만들면 된다.

"그게 아니라…… 선배와 사귀고 있는 제가 시합에 나가게 되면, 편애를 받는다고 여겨질 수도 있잖아요."

"……아."

모치즈키는 고개를 끄덕였다.

"그러니까, 선배와 사귀는 동안에 제가 시합에 나가는 건 비겁한 짓 같아요. 그래서 이런 식으로 책임을 지겠다는 거예요."

히나미는 자신의 제안에 다른 의견을 덧붙이며 다시 제출했다. 중요한 것은 역시 명분이다.

실제로 편애라고 여겨질지는 아무래도 상관없다. 자신의 거만함을 감출 수 있다면, 뭐든 상관없다.

"……뭐, 그건 그래."

모치즈키는 반쯤 납득했지만, 그래도 마음에 걸리는 듯한 반응을 보였다.

아마 원래 소망을 이루지 못했기 때문이리라. 히나미는 『책임』을 지겠다고 약속을 했지만, 그것은 모치즈키에게 있어 크게 이득이 되지 않는 것이다.

히나미는 그런 문제를 돌파하기 위해, 한 걸음 더 내디뎠다.

"예. 폐를 끼쳐 정말 죄송해요."

히나미는 진지한 목소리로 그렇게 말하며, 오늘 들어 가장 깊이 고개를 숙였다.

다수를 상대로 분위기 쟁탈전을 벌일 때는 이런 식으로 알기 쉬운 퍼포먼스가 유효하다. 히나미는 이 점을 실천을 통해 배워가고 있었다.

스도와 히노가 서로를 쳐다보며, 확인하듯 고개를 끄덕

였다.

"뭐…… 그럼 그렇게 할까?"

"……응."

스도와 히노는 또 고개를 끄덕였다.

이 두 사람에게 있어, 히노의 제안은 상당한 이득이다.

아마 그녀들에게 있어 히나미를 팀의 레귤러 후보일 뿐만 아니라, 여러모로 눈에 거슬리는 존재였다. 그리고 이 제안을 받아들인다면 그런 히나미를, 적어도 경기 면에서는 자신들이 졸업할 때까지 억제할 수 있다.

즉, 히나미는 이 두 사람이 충분히 납득하고도 남을 형식으로 『책임』을 지겠다고 말한 것이다.

히나미는 이 순간, 아까와 다른 『3대1』의 구도를 만드는 데 성공했다.

"안나도, 이제 납득했지?"

"뭐……."

같은 편인 스도가 재촉을 하자, 모치즈키는 불만 섞인 표정을 지으면서도 고개를 끄덕였다. 자신의 바람이 이뤄지지는 않았지만, 후배에게 직접 『헤어지라』고 요구하는 건 체면이 상한다. 이미 그녀의 소망을 이루는 것은 불가능해진 것이다.

그녀가 고개를 끄덕인 것을 확인한 후, 스도는 히나미를 향해 형식상 험악한 시선을 보냈다.

"그럼 이제 가봐."

"……예. 정말 죄송해요."

히나미는 마지막으로 한 번 더 그렇게 말한 후, 뒤돌아서며 돌아갔다.

그리고 현관을 통해 건물 안으로 들어간 다음, 실내화로 갈아 신고 교실을 향하며…….

히나미는 마음속으로 혐오감을 느꼈다.

나는 아무런 잘못도 하지 않았다.

나는 그저 노력했다.

그리고 그 대가로, 남들보다 많은 것을 거머쥐었다.

과거의 자신이 자신에게 투자한 시간과 노력이, 지금의 자신에게 조금씩 돌아오고 있을 뿐이다.

그런데 아무것도 하지 않은 인간이 질투하며, 자신의 발목을 잡았다.

그리고 그 결과 얻었다 착각한 무언가를 통해, 자기 자신을 납득시키려 하고 있다.

한심하다. 너무나도, 한심하다.

그런 짓을 해봤자 남을 방해할 뿐이며, 자기 자신의 가치는 전혀 좋아지지 않는다.

그리고 히나미는, 다시 결의했다.

나는 절대, 저렇게 되지 않겠어.

자기보다 대단한 사람이 있다면, 그 사람을 인정하며 흉
내를 내겠다. 혹은 가르침을 구하겠다.

자신이 원하는 것을 가진 사람이 있다면, 그 사람보다
대단해져서 빼앗고 말겠다.

왜냐하면 자신에게 소중한 것은── 상대를 끌어내리는
것이 아니다.

그저, 한결같이, 우직하게…….

자신의 힘으로, 이기고 싶을 뿐인 것이다.

"응…… 귀정."

인적 없는 복도에서 스스로에게 말하듯 중얼거린 히나
미의 표정은 그때만 왠지 어린애 같아 보였다.

＊ ＊ ＊

"저기, 아오이."

"응?"

그리고 몇 주 후…….

히나미는 평온을 되찾았고, 공부도, 부활동도── 그리
고 연애도, 순조로웠다.

그리고 오늘 이날. 방과 후의 하굣길…….

히나미는 연인인 핫토리에게서 이런 말을 들었다.

"오늘, 우리 집에 안 갈래?"

"으음……."

히나미는 약간 당황했다. 그것은 평소처럼 합리적 사고에 따라 이 제안에 대한 이해득실을 따지고 있을 뿐만 아니라, 단순히 그저 머뭇거리고 있었다.

"오늘, 부모님이 늦게 돌아오시거든."

"……그렇구나."

그 말을 들은 순간, 히나미는 또 가슴이 뛰었다.

두 사람은 아직 중학생이다. 부모님이 없는 집에 초대된다는 행위가 선을 넘는 행위로 직결되지는 않겠지만, 무슨 일이 일어날 듯한 예감이 들었다.

그것을 자신의 현재 능력으로 감당할 수 있을지, 히나미는 아직 자신이 없었다.

"어떻게 할까──."

"좀 이야기하고 싶은 게 있어서 말이야."

핫토리는 의연한 태도를 취하며 그렇게 말했다. 히나미는 약간 망설여졌다. 하지만 경험치를 쌓아두는 편이 나중에 도움이 될 것이라는 점 또한 어엿한 사실이다.

그래서 히나미는 숨을 가볍게 들이마신 후, 이렇게 말했다.

"──좋아."

그리고 두 사람은 현재 핫토리의 방에 있었다.

공부용 책상과 침대, 그리고 컬러 박스 몇 개만 있는 살풍경한 방이다. 하지만 방 안에 농구공이 굴러다니고 있다는 점이 농구부 부부장인 핫토리의 방다웠다.

두 사람은 방석 위에 앉아서 침대에 등을 맡겼다. 핫토리는 침대에 걸터앉을 용기가 없는 것 같았으며, 그 점이 히나미를 약간 안도하게 했다.

"……저기 말이야."

"응?"

핫토리의 긴장한 듯한 목소리가 들리자, 히나미는 자연스러운 톤으로 대답했다. 두 사람의 반응은 대조적이지만, 그렇다고 히나미가 긴장하지 않은 것은 아니며 그저 숨기는 게 능숙할 뿐이었다.

"오늘, 레귤러가 발표됐잖아."

"아, 응. 그래."

그렇다. 오늘은 3학년 마지막 대회가 되는 여름 대회의 레귤러가 발표됐다.

그리고, 히나미의 이름은 그 안에 없었다.

"나, 아오이라면 분명 뽑힐 거라고 생각했어."

"……그래? 어쩔 수 없지, 뭐."

선택되지 못한 게 당연했다. 히나미는 자신이 올해 시합에 나갈 생각이 없다는 것을 농구부 고문에게 몰래 이야기했던 것이다.

"그래도 아쉬운걸. 쳇~. 더블로 레귤러 커플이 될 수 있을 줄 알았는데 말이야~."

"아하하, 그건 또 뭐야?"

"아니, 대단하잖아? 부부장이자 레귤러인 나와, 2학년인데 레귤러 자리를 거머쥔 아오이가 커플인 거니까 말이야."

"아~, 그건 그런가?"

히나미는 쓴웃음을 지으며 맞장구를 쳤다.

"아오이…… 혹시나 해서 묻는 건데 말이야."

"응?"

핫토리는 굴러다니던 농구공을 줍더니, 목소리 톤을 약간 낮추면서 말했다.

"미리 레귤러를 사양한 건, 아니지?"

"……뭐?

히나미는 그 말을 듣고 적지 않게 놀랐다.

"실은 시샘을 당했다는 이야기도 들었거든."

핫토리는 농구공을 천장을 향해 가볍게 던졌다 받으면서, 별것 아니라는 투로 말했다.

하지만 히나미는 합리적인 이해득실에서 벗어나, 충족감을 느꼈다.

자신이 옳은데도 수적 우세라는 폭력에 밀려 벌어진 결과를, 자신이 말하지 않았는데도 눈치채주는 존재가 있다.

"으음, 어쩌다 보니 그렇게 됐네."

히나미가 말끝을 흐리며 그렇게 긍정하자, 핫토리는 손

에 쥔 공을 바닥에 굴리면서 한숨을 내쉬었다.

"역시 그랬구나……."

"아하하. 괜찮아."

히나미는 밝은 어조로 말했다. 아무래도 그가 말한 『시샘』에는 2학년인데도 레귤러가 되려고 한다는 점에 대해 발생한 것이며, 자신과 사귀게 된 바람에 벌어졌다는 것까지 눈치챈 것 같지는 않았다.

하지만 히나미는 진실의 일부를 누군가와 공유하고 있다는 점에서, 약간의 기쁨을 느끼고 있었다.

"저기, 아오이."

핫토리가 히나미를 똑바로 쳐다보았다.

"응? 아키라, 왜?"

히나미 또한 핫토리를 쳐다보았다.

두 사람의 시선이 마주쳤다. 아무도 없는 공간, 긴장된 분위기…….

핫토리가 히나미의 어깨에 슬며시 손을 얹더니, 그대로 그녀의 볼을 만졌다.

"키스, 해도 돼?"

그 직설적인 말은 중학교 3학년인 핫토리에게 있어 최선이었다. 그리고 핫토리보다 어린 히나미의 여유를 없애기에 충분했다.

"으음……."

히나미는 바로 대답을 못했고, 마음속의 기준을 떠올리

며 자문자답을 했다.

솔직히 말해, 애인이나 키스라는 것 자체에서 큰 가치나 의미는 느끼지 못했다. 하지만 문제는 자신이 앞으로 쌓을 커리어를 고려해볼 때, 이 자리에서 그 행위를 해도 될 것이냐는 점과── 당혹스러워하고 있는 자신의 감정이다.

이성적으로 생각하니 감정은 무시해도 된다는 것은 오히려 비논리적인 생각이다. 인간에게는 감정이라는 것이 존재하기에 이성을 추구할 수 있다면, 그 감정조차도 이성 속에 포함해 계산해야 할 필요가 있다.

그리고 그럴 경우…….

지금 이 자리에서 자신이 느끼고 있는 이 당혹스러움과 동요를 무시하며, 그저 『행위의 무의미함』만을 추구하는 것이 오히려 비논리적으로 느껴졌다.

그럼 왜 자신은 지금 이 자리에서, 이 남자와 키스를 한다는 행위에 대해 망설임을 느끼고 있는 것일까.

그 이유를── 생각하는 사이, 핫토리가 얼굴을 내밀었다.

입술이 다가왔다. 이성적으로 생각하고 있을 시간은, 두 사람의 거리에 존재하지 않았다.

다음 순간이었다.

히나미는 아까 핫토리가 했던 말을 떠올렸다.

"……안 돼~."

히나미는 어른스러운 미소를 지으면서 핫토리의 입술을 손가락으로 막았다.

심장의 떨림과 긴장, 그리고 흥분이 최고조에 달해 있던 핫토리는 히나미의 말을 듣고 감정의 갈피를 잡지 못했다.

"왜, 왜⋯⋯."

"그게 말이야."

히나미는 핫토리에게 그 이유를 전하기 위해── 아니, 스스로 자기 행동의 이유를 찾기 위해, 생각할 시간을 만들었다.

지금 자신이 거부를 한 이유. 그 계기.

아까 히나미의 머릿속을 스친 것은 아까 핫토리가 했던 말이었다.

『아니, 대단하잖아? 부부장이자 레귤러인 나와, 2학년인데 레귤러 자리를 거머쥔 아오이가 커플인 거니까 말이야.』

그녀는 그 말을 들은 순간, 핫토리가 한심하다고 생각했다.

자신이 레귤러가 되고, 부부장이 된 것만으로는 자신의 가치를 확신하지 못해, 애인의 가치마저 거기에 합산하려 하는, 그런 유약한 사고방식⋯⋯.

그것은 개인이 아니라 연인과 함께 자신의 가치를 만들어나가려 하는, 의존에 가까운 방식이다.

물론 핫토리도 그것에 깊은 의미를 두지는 않았을 것이

다. 애초에 스스로 노력해서 가치와 결과를 만들어냈으며, 어느 정도는 자립하고 있다는 점 또한 알고 있다.

하지만 그것은 혼자만의 힘으로 자신이 올바르다는 것을 증명하려는 노력을 포기하는 것이나 마찬가지인지라, 히나미는 절대 입에 담지 않으리라.

핫토리는 아직 중학교 3학년이다. 그런 그에게 히나미에 버금가는 극단적인 힘과 결벽증에 가까운 올바름을 바라는 것 자체가 잔인한 이야기일지도 모른다. 하지만 히나미는 그의 애인으로서, 마음 한편으로 그것을 바랐다.

언젠가 그가 그런 강함을 손에 넣을지라도……. 적어도 현재의 히나미에게 있어 그는 아직 약해빠진 존재였다.

그래서 히나미는 핫토리와 시선을 마주하며 고혹적인 미소를 지은 후, 천천히 입을 열었다.

"──아직, 이른 것 같아."

＊ ＊ ＊

"그리고, 그때 코키가…….”
"어~! 그건 좀 약지 않았어?"
단둘만의 공간. 이곳에는 아까처럼 요염함으로 물든 분위기는 존재하지 않았으며, 그저 하굣길이나 부실에서처럼 가볍고 밝으며 즐거운 대화를 나누기만 하는 공간으로 바뀌었다.

"잠깐만?! 너무 강하잖아?!"

"아직 수행이 부족하네."

도중에 대전형 격투 게임을 하면서 핫토리를 박살 내준 것 또한, 히나미답다고 할 수 있으리라.

그리고 시간이 흘러, 밤 여덟 시가 되었다.

두 사람만의 시간에 마침표를 찍은 건, 한 통의 LINE이었다.

"아…… 부모님이 슬슬 돌아오시려나 봐."

"그래? 그럼 나는 슬슬 돌아가야겠네."

"……그래."

핫토리는 약간 아쉬움이 묻어나는 눈길로 히나미를 지그시 응시했다. 그도 중학교 3학년이다. 여성에게 성적 호기심을 가지기 시작할 시기인 것이다.

"……왜 그래?"

"아, 아무것도 아냐."

핫토리는 얼버무리듯 그렇게 말했다. 한 번 거절을 당한 만큼, 다시 도전해볼 기개와 기력이 그에게는 남아 있지 않았다.

하지만, 그는 확인하고 싶은 게 있었다.

"아오이는…….."

"응?"

그것은 단순히 호기심에서 비롯된 것이며, 대답 자체에

정답이 있지는 않다.

그저 너무 신경이 쓰여서, 물어볼 수밖에 없었다.

"아오이는 키스 같은 걸 해본 적 있어?"

침묵이 흘렀다.

히나미는 눈을 몇 번이나 깜빡이며, 핫토리를 지그시 응시했다.

이윽고, 히나미는 어딘가 고혹적인 미소를 지으며 천천히 입을 열었다.


"있어. ──키스도, 그것보다 더한 것도 말이야."


＊ ＊ ＊


그리고 몇 주 후, 두 사람은 헤어졌다.

헤어지자는 말을 꺼낸 이는 바로 히나미였다.

딱히 이렇다 할 이유가 있어서 헤어진 것은 아니다.

굳이 따지자면, 그녀가 자기 자신을 갈고닦는 과정에서, 혹은 자신의 목표를 향해 나아가는 과정에서, 그와 함께 보내는 시간이 진정으로 자신에게 필요하다고 생각하지 못했다.

그녀에게 있어서 이상적인 연인이란, 자신과 같은 방향으로 나아가고, 서로를 자극하며 절차탁마할 수 있는, 전우 같은 존재일지도 모른다.

적어도, 두 사람의 가치를 합산하려 하는 협력체제는 그녀에게 필요 없었다.


그와 함께 한 몇 달 동안, 히나미는 연애라는 것의 일부를 맛봤다.

물론 히나미도 그 전모를 완벽하게 파악했다고 생각하지는 않지만, 그녀는 하나를 알면 열을 깨우치는 타입이다.

감정의 움직임과 관계의 변화 등의 요소로 구조를 파악하며, 기초를 익혔다. 즉, 이 기초구조의 변화형이 몇 번이나 찾아오기만 할 뿐이라는 결론을 내린 것이다.

그리고, 과거에 겪었던 여러 경험을 통해, 히나미는 핫토리라는 존재가 자신에게 필요하지 않다는 결론에 도달했다.

누군가에게 잘못이 있는 건 아니다.

그저 단순히, 인간으로서의 성질 자체가 다르다. 그저 그뿐인 것이다.


"──좋아."

그로부터 며칠 후, 히나미는 어떤 종이를 보면서 주먹을 말아 쥐었다.

그 종이는 바로 2학년 1학기 기말고사 성적표였다.

거기에 적힌 결과는 바로──『1등』이었다.

"응. 좋아."

증명되고 있다. 자신이 취한 행동이 올바르다는 것이, 자신이 해온 노력의 가치가…….

자신이 쌓아온 것들이 결과가 되어 되돌아오고 있다는, 절대적인 현실이…….

이걸로 충분하다. 자기 자신만의 방법으로, 자신을 증명할 수 있다.

히나미의 텅 빈 그릇에는, 정답이라는 이름의 달콤한 꿀이 채워졌다.

하지만 그녀의 마음을 가득 채울 수는 없다. 아직 첫 눈금에도 미치지 못한 것이다.

"다음은——."

그리고 히나미는 멈추지 않았다.

자신이 세워둔 목표의 달성조차 그저 발판으로 삼으며, 더욱, 더욱 나아갔다.

그것은 날개를 펄럭이며 날아오르는 비상이 아니었다.

자신의 손발만으로, 정신이 아득해질 만큼 우직하게 나아가는, 비웃음을 사도 이상하지 않을 만큼 단순한, 발걸음이었다.


그리고 그즈음부터, 히나미는 같은 학년뿐만 아니라 교내에서도 유명해졌다.


핫토리를 그녀가 『찼다』는 것이…….

드디어 전교 1등이 했다는 것이…….

그리고, 날이 갈수록 몰라보게 아름다워지고 있다는 것
이…….


그것 말고도 자잘한 요소를 언급하자면 한도 끝도 없을
것이다.

커뮤니케이션 능력이 압도적으로 뛰어나며, 수많은 이
들로부터 호의와 존경을 받았다.

히나미는 뛰어난 능력으로 최정상의 자리까지 나아갔으
며, 남들은 마치 히나미가 안전히 나아갈 수 있도록 그녀
가 걸어갈 길을 닦아주듯 서포트해줬다. 그리고 그녀는 노
력 끝에 쌓은 실력과 결과를 통해, 어마어마한 인기를 거
머쥐었다.

한 번 붙은 불은 걷잡을 수 없을 속도로 타올랐다. 그런
히나미를 질투한 이들이 그녀를 끌어내리기 위해 암약했
지만, 도리어 그것이 그녀의 완전성을 증명해줬다.

적어도 평범한 중학생은 방해조차 할 수 없을 만큼, 그
녀는 완벽한 존재가 됐다.

학력고사에서도 항상 전교 1등의 자리를 지켰고, 3학년
체력 검사 때는 드디어 여학생 중에서 1등을 했다.

몇 명이나 히나미에게 고백을 했고, 다들 그녀에게 격침
됐다.

그녀에게 있어 그런 남자들은 그저 『히나미 아오이의 남

친』이라는, 타인에게 의존하는 가치를 손에 넣으려 할 뿐인 약해빠진 인종처럼 보였다.

남자 농구부의 **부장**을 찼을 때, 그녀는 거의 전설이 됐다.

그리고 그렇게 극단적인 행보를 보이자, 비판이 점점 잦아들었다.

모난 돌은 정을 맞는다. 하지만 극단적으로 모난 독이라면 정을 맞지 않는다. 히나미는 그 점을 직접 증명하듯, 퍼펙트 히로인으로서의 지위를 확고하게 만들었다.

그리고 얼마 후, 하급생들 사이에서 팬클럽과 신도 같은 것까지 생기기 시작했을 때였다.

히나미는 자신을 따르는 하급생에게서 이런 말을 들었다.

"히나미 선배는 어떤 사람과 사귀고 싶나요?!"

여자 후배들은 동경에 찬 눈길로 히나미를 쳐다보고 있었다.

그런 그녀들의 입에서 나온 것은 사춘기인 그녀들다운 순수한 질문이었다.

"으음……."

히나미는 이 자리의 분위기를 띄울 뿐만 아니라 퍼펙트 히로인답기도 한 대답이 무엇일지 생각했지만, 곧 그 질문에 대해 진지하게 고민하기 시작했다.

자신은 과연 어떤 사람과 사귀고 싶은가.

스스로에게 있어, 그 질문에 대한 대답이 아직 명확하지 않은 듯한 느낌이 들었던 것이다.

적어도, 사귀고 싶지 않다고 생각하는 조건이라면, 딱 하나 존재했다.

──타인을 이용해 자신의 가치를 높이려 하는 자.

그뿐이다.

그럼 거꾸로, 자신은 어떤 사람과는 사귀고 싶은 걸까?

한동안 생각에 잠긴 히나미는── 적당한 답을 찾아냈다.

이것이 유일한 답이라고 생각하지 않지만, 자신도 납득할 수 있는, 단순한 조건이었다.

히나미는 분위기를 띄우기 위해, 약간 익살스러운 어조로 천천히 대답했다.


"──적어도, 나를 제치고 1위가 되어주는 남자가 아니면, 내 남친이 될 자격이 없을 것 같네."


그로부터 1년 후…….

그녀는 **어떤 명작 게임**과, 운명적인 해후를 하게 된다.

# 2

쇼핑 중

2학기 초. 나는 히나미와 함께 오미야 동쪽 출입구 인근에 있는 북오프라는 중고 매장 안에 있는 옷 매장에 와있었다.

"자아, 그럼 테스트를 시작할게."

"아, 알았어……."

나는 머뭇거리며 고개를 끄덕였다.

휴일. 나는 게임센터에서 히나미와 마주쳤고, 아직 그녀가 제대로 수련하지 않은 게임을 같이 하며 박살을 내줬다. 그 탓에, 이런 임시 훈련이라는 이름의 복수를 당하게 됐다. 너무하네.

"내가 이곳에서 겨울에 입을 옷을 코디하면 되는 거네……."

"맞아. 여기서는 마네킹 구매도 못하거든."

"그래……."

"아마 지금쯤이면 충분히 할 수 있을 거야."

이제부터 내가 하려는 것은 복장 센스에 관한 테스트다. 나는 지금까지 아르바이트를 해서 번 수입으로 휴일용 옷을 늘렸다. 히나미가 가르쳐준 『마네킹 구매』라는 꼼수를 써서, 여름에 입을 옷과 봄가을에 입을 만한 옷을 각각 세 세트 정도 구입했다.

히나미의 말에 따르면, 그만큼이나 옷을 사서 입어봤으면, 이제 스스로도 『그나마 괜찮다』고 할 수준의 코디네이트는 할 수 있을 거라고 말했다.

"그냥 마네킹 구매만 하는 게 아니라, 타인을 관찰하며 자기 나름대로 열심히 고찰을 해봤다면 말이야."

"뭐, 나름대로 열심히 하기는 했어."

나는 뒤편에서 감시하고 있는 히나미와 함께 가게 안을 둘러보았다. 겨울에 입을 옷이라면 역시 좀 따뜻한 상의가 필요할 것 같았다.

"바지…… 보텀스는 지금 가지고 있는 걸 입어도 돼?"

"뭐, 좋아. 어느 바지에 맞출 건데?"

"그럼 지금 입고 있는 거에 맞추도록 할까."

지금 내가 입고 있는 건, 검고 몸에 딱 붙는 바지…… 팬츠다.

"이, 검은색 팬츠야."

"좋아. 검정 스키니네. 그리고 검은색 구두구나."

"검정 스키니……."

나는 어린애처럼 그 말을 중얼거렸다. 일부러 바지가 아니라 팬츠라고 말했는데…….

"그럼 그 옷에 맞춰 톱스를 골라봐."

"톱스……. 상의 말이구나. 그럼 따뜻한 겉옷과 그 안에 입을 양복을 고르면 되겠네."

"아우터와 이너야."

"아우터와 이너……."

나는 히나미에게 들은 외국어를 중얼거리면서 가게 안을 둘러보았다.

"아, 이거 괜찮겠네."

가장 먼저 눈에 들어온 것은 회색에 옷자락이 긴 코트였다.

"옷자락이 긴 이 코트는 어때?"

"체스터 코트 말이구나. 나쁘지 않네."

"체스터 코트……."

"오버 사이즈가 트렌드니까, 어떤 사이즈로 할지 좀 고민되겠네."

"오버 사이즈…… 트렌드……."

"슬슬 패션 용어를 좀 외우는 게 어때?"

이 테스트와 관련 없는 거로 혼나고 있지만, 내가 고른 코트 자체는 나쁘지 않다는 평가를 받았으니 괜찮은 거로 치기로 했다. 나는 긍정적인 사람이거든.

"좋아. 그럼 이제 안에 입을 옷을……."

"이너야."

히나미는 그렇게 말하면서 팔로 나를 막았다.

"하지만, 그 전에 물어볼 게 있어. 너는 왜 그 코트를 고른 거야?"

"뭐?"

바로 이때, 기습적으로 주관식 문제가 출제됐다. 히나미 선생님은 부분점수를 엄청 짜게 주니, 정확하게 정답을 내놓아야만 한다.

"으음, 우선 지금까지 내가 마네킹 구매를 한 옷들은 대부분 검은색이나 흰색, 회색 같은…… 단색인 게 많았어."

검은색 바지…… 팬츠와 신발, 흰색 셔츠와 티셔츠와 신발, 회색 셔츠에 파카와 카디건 등, 그런 단색 느낌의 옷이 많다. 그러니 비슷한 색상의 옷을 고르면 될 거라고 생각했다.

그래서 나는 그런 내 생각을 히나미에게 전했다.

"나쁘지 않은 생각이야. 하지만, 왜 그중에서 회색을 고른 거야?"

"아, 그건……"

회색을 고른 이유, 라. 우선 단색 코트 중에서 흰색 코트를 입는 사람이 거의 없다는 건 나도 알고 있다. 무대의상이나 코스프레 같은 느낌이 되는 것이다. 그래서 검은색이나 회색 중에서 하나를 고른 것인데, 내가 그중에서 회색을 고른 건──.

"뭐랄까…… 감?"

"……흐음."

내가 주관식 문제에 있어 최악에 가까운 답을 내놓자, 어찌 된 영문인지 히나미는 만족한 것처럼 눈을 가늘게 떴다. 어, 뭐야. 그리고 그녀는 빙긋 웃으면서 입을 열었다.

"나쁘지 않은 경향이네."

"그, 그래?"

히나미는 고개를 끄덕였다.

"그건 『센스가 생기기 시작했다』는 거잖아."

"……오오!"

맙소사. 옷을 사거나 입어보며 이런저런 생각을 하다 보면 자연스럽게 센스가 생긴다는 이야기는 들었지만, 진짜로 나한테도 생기기 시작했구나.

"뭐, 『보텀스가 검정 스키니까 상의도 검은색이면 좀 난이도가 높을 것 같다』, 『단색 중에서 회색은 파카나 카디건 같은 톱스, 그것도 이너 위에 걸치는 옷에 편중되어 있다는 공통점이 있으니, 마찬가지로 코트에도 응용할 수 있을 것 같다』 같은 대답을 기대하긴 했어. nanashi라면 말이야."

"허들이 너무 높은 거 아냐?"

나는 그 말을 하면서도 마음 한편으로 납득했고, 또한 감탄했다. 그러고 보니 지금까지 마네킹 구매를 한 옷 중에서도 상하의가 전부 검은색인 것은 거의 없었고, 회색으로 된 옷도 대부분 걸치는 스타일의 상의—— 톱스였다.

"확실히 그건 그래. 무의식적으로 상하의를 전부 검은색으로 통일하는 걸 피한 것 같아."

"그렇지? 그럼 이쯤에서 손쉬운 원포인트 테크닉을 알려줄까?"

"원포인트 테크닉?"

"만약 방금 검은색 옷을 골랐을 경우, 그걸 소화하기 위한 기술이야."

"오오."

그건 여러모로 도움이 될 것 같았다.

"검은색 옷을 고르기 힘든 이유는 바로『상하의가 전부 시꺼멓게 색이 되기 때문』이잖아?"

"맞아."

오타쿠의 가치관에 비춰볼 때 검은색은 쿨하고 멋지지만, 마네킹 구매를 할 때도 그런 조합은 거의 보지 못했다. 그리고 입어봤을 때의 센스 등으로 판단해도 소화하기 어려워 보였다.

"그럼 보텀스는 이대로 가고 검은색 코트를 입는다면, 어떻게 하면 좋을 것 같아?"

"으음⋯⋯."

나는 잠시 생각을 해본 후, 대답했다.

"안에 입을 옷의 색깔을 바꾸면 되지 않을까?"

"이너야."

"이너⋯⋯."

"너, 오늘 들어 세 번째거든?"

히나미는 나를 향해 약간 화난 어조로 그렇게 말하더니, 한숨을 내쉬었다.

"참고로 방금 대답은 틀렸어."

"뭐?!"

나는 놀랐다. 왜냐하면, 코트와 바⋯⋯ 보텀스가 검은색이더라도, 이너의 색깔을 바꿔주며 시꺼먼 색으로 복장이 통일되는 것을 피할 수 있다. 어쩌면 그것보다 더 나은 방법이 있을지도 모르지만, 이것도 어엿한 정답일 것이다.

"이유가 뭐야? 색깔이 달라지긴 했잖아?"

히나미는 한숨을 내쉬었다.

"뭐, 맞아."

그리고 히나미는 가슴 쪽을 가볍게 두드리며 말을 이었다.

"——앞에서 봤을 때만 말이야."

"아……."

나는 그 말을 듣고 눈치챘다.

확실히 코트 안에 입은 옷이 다른 색깔이라면, 앞에서 봤을 때는 온통 검은색이라는 참사가 벌어지지 않는다.

하지만 뒤편에서 보면 온통 검은색인 것이다.

"옷이라는 건 거울에 비친 모습만 보는 게 아냐. 옆에서 봤을 때, 뒤에서 봤을 때의 색상과 실루엣의 밸런스도 생각해야, 비로소 코디네이트가 완성되는 거야."

"그렇구나……."

그리고 나는 바로 납득했다. 그것은 지금까지 옷에 전혀 흥미가 없었던 나에게는 존재하지 않았던 시점이었다.

예를 들어 검은색 바지에 검은색 코트, 그리고 안의 이너는 흰색 옷을 입었다고 치자. 그 모습을 정면에서 본다면 무난하게 보일지도 모른다는 생각이 들었다. 하지만, 뒤편에서 보면 위아래 전부 시꺼먼 색이다.

"뭐, 올블랙이 나쁜 건 아냐. 하지만 초심자가 소화할 수 있는 조합이 아니라고 봐."

"그래……."

나는 이제야 아까 자신이 내놓은 답이 틀렸다는 점을 이해했다.

"그렇기 때문에 테크닉이 필요한 거지. 실은 손쉽게 일반인과 차이를 벌릴 수 있는 방법이 있어."

"오오."

내가 기대에 찬 표정을 지으며 고대하자, 히나미는 빙긋 웃으면서 입을 열었다.

"그건── 양말로 색감을 자아내는 거야."

"양말?"

나는 그 말이 확 와닿지 않았다.

왜냐하면 양말은 기본적으로 남들의 시선이 닿지 않는 것이며, 속옷처럼 실용성 쪽이 중요한 것 아닌가?

"혹시…… 너, 양말도 코디네이트의 일부라는 감각이 아직 없는 거야?"

히나미가 경멸에 찬 표정을 지으며 그렇게 묻자, 나는 솔직하게 대답할 수밖에 없었다.

"……없사옵니다."

"하아……."

히나미는 또 땅이 꺼져라 한숨을 내쉬었다. 어쩔 수 없잖아. 나는 아직 배우지 않았다고. 학교에서도, 히나미에게도 말이야.

"하긴, 얼마 전까지 부모님이 사다 준 옷이나 입었던 너한테는 아직 이를지도 몰라……. 괜히 기대한 내 잘못이야. 미안해."

"저, 저야말로 죄송합니다……."

히나미가 사과를 하니 왠지 공허했다. 그녀의 공격 패턴이 늘어난 것 같았다.

"그럼, 하던 이야기를 계속할게."

"으, 응."

히나미는 내 마음에 상처를 마구 낸 후, 다시 본론에 들어갔다. 표정이 왠지 즐거워 보이는 데, 내가 잘못 본 게 아닐 거라고 생각한다.

"상하의가 전부 검은색일 때는 양말을 다른 색깔을 신고, 바지 끝을 약간 접어 올리거나 아니면 약간 짧은 걸 입어서 그걸 드러내는 거야. 그러면 손쉽게 색상의 밸런스를 조절할 수 있어."

"……그렇구나."

양말도 코디네이트의 일부라는 말의 의미가 이해됐다.

"그때 신을 양말의 색상은 흰색도 괜찮지만…… 빨간색처럼 약간 화려한 색상도 괜찮을 거야. 그러면 모험이라고 할 정도는 아닌 수준에서 개성을 드러낼 수 있어. 이건 꽤 간단하면서도 효과적인 테크닉이야."

"코트와 스키니가 전부 검은색이라면, 화려한 색상의 양말을 신는다……."

그런 옷차림을 한 사람을 머릿속으로 떠올려보니, 확실

히 패션 상급자 느낌이었다. 거기서 머리만 내 얼굴로 바꾸니, 여러모로 송구한 느낌이 들었다.

"솔직히 말해 손쉬울 뿐만 아니라 뻔한 방식이라서, 패션을 좀 아는 사람에게는 뻔한 인상을 줄 수도 있어. 하지만 고등학교 2학년에게는 그 정도면 충분할 거야."

"뭐, 언제든 통하는 공격 마법은 아니라는 거네."

히나미는 고개를 끄덕였다.

"처음으로 중급 화염 마법을 익혔을 때 같은 거야."

"익힌 직후에는 한동안 무쌍을 할 수 있지……."

나는 납득했다. 다만, 그거 얼마 지나지 않아 아무짝에도 쓸모없어지지…….

"참고로, 양말 말고도 머플러 같은 걸로 색상을 더해주는 것도 유효해. 올블랙에 보르도 빛깔 스누드 같은 걸 마는 것도 손쉽게 할 수 있는 패션이야."

"보르도…… 스누드……."

"와인 색깔 목도리 같은 거야."

"그렇구나."

나는 감정이 전혀 실려 있지 않은 히나미의 말을 듣고 고개를 끄덕인 후, 전시되어 있는 여러 코트 중에서 왠지 마음에 든 검은색 코트를 향해 손을 뻗었다. 왠지 좋은 소재를 쓴 것 같다는 애매한 이유로 골랐다.

"그럼 검은색과 회색, 둘 다 확보해둘까."

"어머, 꽤 적극적이네. 그럼 그 두 옷에 다 어울릴 만한 이너를 골라봐."

"두 옷에 다?"

히나미는 고개를 끄덕였다.

"지금까지는 마네킹 구매를 해서, 그 마네킹의 코디대로 옷을 입었잖아? 하지만 가지고 있는 아이템이 늘어나면, 그 조합을 바꿀 필요도 있어. 그렇게 되면 『자신이 가진 아이템에 맞추기 쉬운가』라는 기준으로 생각해서 고르면 적당한 걸 고를 수 있어."

"그렇구나."

"단품으로 괜찮은 아이템을 고르는 것보다, 조합을 중시하라는 거야. 전사가 전투에 강하더라도, 파티 전원이 전사면 밸런스가 나쁘잖아?"

"아하~."

즉, 이거 멋지네! 싶은 것만 사는 게 아니라, 그걸 활용할 수 있는 아이템도 필요한 것이다. 보조를 주로 담당하는 승려 같은 거구나. 애초에 나는 뭐가 전사이고, 뭐가 승려인지 구분조차 못 하는 상태지만 말이다.

"그럼 골라봐."

"응……. 하지만 내 논리에 비춰서 생각해보면, 선택지가 거의 없어."

나는 겨울에 입을 옷이니 따뜻해 보이는 니트나 스웨터 계열을 파는 코너에 가서, 그중에서 흰색 니트를 골랐다.

히나미는 전부 이해했다는 듯이 입술 가장자리를 살짝

추켜올렸다.

"……그랬구나."

"이제 알겠지?"

나는 아직 옷에 대한 안목을 갖추지 못한 상태다. 그런 내가 할 수 있는 건 『단색』이라는 안전 영역 안에서 조합을 고려하는 것이다. 그리고 코트가 회색이나 검은색이라는 점, 그리고 보텀스가 검정 스키니에 검은색 구두라는 걸 전제로 둔다면, 코트를 벗었을 때 상하의가 전부 검은색으로 통일되지 않도록 하는 점까지 고려했다.

그러자, 선택지는 자연스레 흰색으로 한정됐다.

"응. 나쁘지 않은 조합이야. 무난 그 자체의 양산형이네. 개성 같은 건 눈곱만큼도 없는, 그야말로 흔하디흔한 코디네이트네."

나는 그 말을 듣고 씨익 웃었다.

"흐음, 무난하고 흔하구나. 그럼 그걸 게임에 비유해서 생각하자면……."

내가 약간 뜸을 들이자, 「그래」 말한 히나미가 미소를 지으며 말을 이었다.

"──우선, 거기서부터 철저하게 갈고닦는 거야."

그리고 서로를 이해한 우리는 고개를 끄덕였다.

무난. 즉, 이 선택지는 초심자의 첫걸음으로서는 정답이라 할 수 있다.

이즈미에게 어패를 가르쳐줄 때 『소점프』부터 가르쳤듯,

상대가 모르는 것을 가르쳐줄 때는 우선 기본이 되는 부분부터 갈고닦게 한다. 그것이 왕도이자, 경지에 오르는 지름길인 것이다.

"뭐, 지금 트렌드로 생각해보면 체스터 코트는 약간 고리타분한 인상도 없지는 않지만, 처음으로 사는 제대로 된 코트로서는 정답일 거야."

"뭐, 어려운 걸 잘 모르겠지만 말이야."

"응. 너도 아직 그런 점까지 생각할 필요는 없어."

듣기에 따라서는 매정하게 들릴 수도 있는 발언이지만, 그것은 나를 폄하하는 발언이라기보다 그저 엄연한 사실 안에서 필요한 것만 픽업하는 합리성에 근거한 말처럼 느껴졌다.

"좋아. 그럼 이걸로⋯⋯ 어, 어라?!"

나는 두 코트의 가격을 확인하고 놀랐다.

"어머, 왜 그래?"

히나미는 이 반응을 기다렸다는 듯이 씨익 웃었다.

"싸, 싸네⋯⋯!"

내가 입을 뻐끔거리자, 히나미는 그래, 하고 말하며 만족한 듯이 고개를 끄덕였다.

"직접 옷을 고를 수 있게 되면, 이런 이득이 있어."

"가성비가 엄청나네⋯⋯!"

아하, 이 녀석이 헌 옷 매장에 나를 데려온 이유를 알겠다. 게임에서도 중고 물품은 반값 이하니까 말이다. 돈이 엄청 굳었다. 이제부터는 아르바이트비를 오락실에서 쓸 돈이나 다운로드 콘텐츠 구매에 쓸 수 있을 것 같다.

"매장에서 마네킹 구매를 하면 세트로 옷을 구매하게 되니 돈이 많이 들어. 가게 측도 비싼 상품으로 꾸며두기도 하거든. 하지만 그만큼 괜찮은 디자인과 코디네이트를 접할 수 있고, 그것을 세트로 몇 번이나 구매할 수 있어. 그리고 옷의 어떤 부분이 멋진 포인트인지 몇 번이든 생각해보게 될 거잖아?"

"그래⋯⋯."

역시 직접 번 돈으로 옷을 사는 만큼, 헛되이 쓰고 싶지 않다는 생각이 든다. 그렇다면 그 옷을 고를 때마다 이 조합의 어떤 부분이 괜찮은 건지 생각하게 되며, 남의 옷에 대해서 생각하는 시간도 늘어난다.

"그리고 옷을 보는 안목까지 기른다면, 그 후에 절약도 할 수 있지. 이렇게 싼 헌 옷 매장을 이용한다면 더 많은 돈을 아낄 수 있어."

나는 납득을 하면서 고개를 끄덕였다.

"그렇게 되기 위해서⋯⋯ 생각을 할 수밖에 없는 환경을 만드는 거구나."

히나미는 나를 손가락으로 가리키면서 말했다.

"귀정."

"아, 응."

또 저 녀석의 입버릇이 튀어나왔다.

"노력이라는 것은 자신이 정한 기준에 따라 꾸준히 계속할 수 있다면 이상적이겠지만, 그것만으로는 잘 안 돼. 그러니 중요한 것은 자신의 감정이 어떻게 움직이는 분석 및 관리하면서 모티베이션을 컨트롤하는 거야."

히나미가 하고 싶은 말이 무엇인지는 이해했다. 하지만, 약간 의외였다.

"……너도 그런 생각을 하는구나."

솔직히 말하자면, 이 녀석은 모티베이션이나 그런 건 전부 무시하면서 기계처럼 자기 자신을 조작하고 있을 거라고 생각했다.

"뭐, 나는 『노력하는 것』 자체에 강렬한 모티베이션을 항상 가지고 있으니까 좀처럼 곤란할 일이 없기는 해."

"완전 괴물 같은 성질이네……."

이 녀석보다 어패를 잘하는 나조차도 『즐겁다』라는 크나큰 전제가 없다면 계속 연습을 하지 못할 것이다.

"하지만, 우선 많은 경험을 쌓는 게 중요하다는 건 알겠지?"

"……그래."

확실히 정답이라 할 수 있는 옷의 조합을 계속해서 접한 덕분에, 그 안에 숨겨져 있던 구조와 몇몇 패턴을 파악할 수 있었다. 그렇다면 그것을 언어화해서 대책을 짜면 되는 것이다.

솔직히 말해, 이것은 격투게임에 있어서 콤보 탈출과 사고의 흐름 자체가 비슷했다.

"그럼 계산하고 올게……."

내가 그렇게 말하며 걸음을 옮기려 한 순간, 히나미가 날카로운 눈길로 나를 노려보았다.

"……그 전에 해야 할 게 있다는 거지? 나도 안다고."

"흐음, 또 투덜댈 줄 알았더니 웬일로 반항을 안 하네."

히나미는 의외라는 듯이 눈을 동그랗게 떴다.

"저기 말이야. 나도 혼자서 쇼핑을 할 때 옷을 입어보거든? 네 가르침을 지키면서 특훈에 임하고 있단 말이야."

그것이 게이머의 방식이니까 말이다.

뭐, 매번 입어보더라도 약간 크거나 작은 정도는 판단이 안 되기 때문에, 솔직히 큰 의미는 없다는 생각도 들었다. 하지만, 너무 크면 알 수 있고, 점원에게 보여주면「한 사이즈 작은 편이 좋을 것 같군요~」같은 조언도 들을 수 있기에 여러모로 이득이 있었다.

거꾸로 개인적으로는 딱 맞는다는 생각이 들 때 점원에게「이것보다 약간 큰 옷을 입는 편이 요즘 유행에 맞아서 귀여울 것 같네요~」같은 말을 듣고, 요즘은 약간 크게 입는 게 유행한다는 점을 학습하기도 했다. 히나미도 아까 비슷한 말을 했었다. 이런 건 게이머의 SNS나 블로그를 체크하는 느낌과 비슷했다.

"뭐, 그런 부분은 역시 nanashi답다는 느낌이네."

"그렇지? 그럼 다녀올게. 저기~, 이걸 입어보고 싶은데요……."

그리고 나는 점원에게 안내를 받으며 탈의실로 향했다. 우선 회색 코트를 입고 거울 앞에 섰을 때, 커튼 너머에 있는 히나미가 「어때? 입었어?」 하고 말했다. 투시 능력이라도 지닌 겁니까?

"아, 이제 막 입었어."

"빨리 보여줘."

"아, 역시 보여줘야 하는 거군요."

아직 나도 확인을 못 해봤는데 말이야. 나는 그렇게 생각하면서 커튼을 걷었다.

"뭐, 이럴 줄 알았어."

"……응? 아."

그 말을 듣고 거울을 보니, 코트의 소매 길이가 약간 짧아서 손목이 훤히 드러났다. 니트도 옷자락이 짧아서, 첫 마네킹 구매 때 세트로 산 벨트가 훤히 드러났다.

이건 그거다. 패션 아마추어인 나도 알 수 있을 만큼 밸런스가 나빴다.

"좋아. 그럼 이번에는 검은색을 입어 봐. 이걸 반복하다 보면 사이즈 감각도 깨달을 수 있을지 모르겠네. 잘됐잖아."

히나미가 놀리는 투로 그렇게 말하자, 나는 눈썹을 찌푸렸다.

"그래. 오버 사이즈가 트렌드이니까 말이야."

"방금 외운 내용을 으스대면서 그렇게 늘어놔봤자 꼴사납거든?"

"시끄러워. 나는 싸우면 싸울수록 성장하는 타입이라고."

"흐음. 그럼 지금 하고 있는 건 방어구점에서 물건을 사고 있는 거네."

"아니, 달라. 싸움이라는 건 장비를 고르는 순간부터 시작되거든. 뭘 모르네."

그런 RPG 느낌의 쇼핑은 생각보다 재미있었으며, 결국 나중에 입어본 검은색 체스터코트와 몸에 맞는 흰색 니트, 그리고 겸사겸사 빨간색 양말과 보르도 빛깔 스누드도 샀다. 이걸로 올해 겨울도 어찌어찌 버틸 수 있겠는걸.

The Low Tier Character
"TOMOZAKI-kun";

약
캐
모
토
자
키
군

# 3

그『사랑 이야기』가
맞이할 미래

여름방학. 나카무라 슈지와 이즈미 유즈를 이어준다고 하는 은밀한 테마를 위해 진행된, 남녀 일곱 명의 합숙.

"사랑 이야기 타임————!!"

여자 셋이 쉬고 있는 저녁때의 로그하우스에서는 미미미, 나나미 미나미가 즐거운 듯이 그렇게 말했다.

"알았어. 우선 짐부터 내려놔."

"라져~!"

히나미 아오이가 부모가 자식을 달래는 듯한 어조로 그렇게 말하자, 미미미는 힘차게 대답했다.

바닥에 내려놓은 배낭이 미미미의 발에 걸리며 쓰러졌다. 그러자 안에 들어있던 과자가 튀어나왔다.

"아! 내 바삭 포테이토! 아, 다 같이 먹자!"

"좋아! 나도 있어~."

히나미도 즐거운 어조로 그렇게 말하더니, 가방에서 치즈 쿠키를 꺼냈다.

"아하하! 아오이 건 역시 치즈가 들어간 거네. 그럼 나도 꺼내야지~."

이즈미는 웃으면서 자신의 배낭에서 감자 스틱 과자와 딸기 맛 빼빼로, 페트병을 꺼냈다. 그렇게 준비는 완료됐다.

"그런데 왜 사랑 이야기를 하자는 거야?"

이즈미는 난처한 듯한 표정으로 그렇게 말했지만, 왠지 눈빛은 기대로 가득 차 있는 것 같았다.

"그야 물론 여름하면 사랑! 합숙하면 사랑 이야기! 우리는 이곳에서 사랑 이야기를 해야 할 운명이라 해도 과언이 아냐!"

"그래, 알았어. 핸드폰 충전하고 싶으니까, 잠시 비켜 줄래?"

"오케이!"

그리고 히나미가 또 상냥한 말을 건네자, 미미미는 힘찬 목소리로 대답했다.

"……잠깐만! 아오이!"

"응~?"

히나미는 무릎을 꿇으며 몸을 앞쪽으로 숙이더니, 콘센트에 충전기를 꽂으며 대답했다.

"아오이는 그 두 사람이 어떤 관계인지 궁금하지 않은 건가요?!"

미미미는 그렇게 말하며 들고 있던 페트병을 히나미의 얼굴을 향해 내밀었다.

"으음, 그 두 사람이라면 역시……."

히나미는 그렇게 말하며, 미미미와 함께 이즈미를 쳐다보았다.

"그래! 유즈와 나카무~ 말이야!"

이즈미와 나카무라를 몰래 이어주자는 취지로 이 합숙은 계획됐다. 이 자리에서 두 사람의 관계를 캐묻는다는 것은 히나미와 미미미에게 있어 사전에 예정되어 있던 수순이었다.

"……어~."

두 사람의 시선이 자신을 향하자, 이즈미는 난처한 듯하면서도 약간 즐거운 듯한 톤으로 그렇게 말했다.

미미미는 히나미를 향해 뻗은 페트병을 이즈미를 향해 내밀며 물었다.

"요즘 어떤가요!"

"……그게 말이야."

이즈미는 표정이 약간 어두워졌다.

"사이가 좋아지기도 했고, 지금 슈지와 가장 친한 여자애는 나라고 생각하긴 해."

"응응."

히나미는 즐거운 듯이 맞장구를 쳤다.

"그런데, 좀 난처하게 됐어."

"호오~. 난처하게 됐다, 라."

미미미는 한쪽 눈썹을 추켜세우면서 흥미롭다는 듯이 고개를 끄덕였다.

"응. 실은…… 나, 요즘 들어 슈지와 연애 상담을 하고 있는데……."

"뭐? 슈지에게 연애 상담? 그게 무슨 소리야?"

미미미가 그렇게 묻자, 히나미는 뭔가를 눈치챈 것처럼 씨익 웃었다.

"혹시…… 슈지에 관한 걸, 슈지와 상의하고 있는 거야?"

그러자 이즈미는 진지한 표정을 지으며 고개를 끄덕

였다.

"응. 맞아."

"어? 어? 저는 잘 모르겠는데요~!"

미미미가 손을 들자, 이즈미는 으음~ 하고 말하며 설명을 시작했다.

"슈지한테, 지금 좋아하는 사람이 있는데 그 사람도 내가 마음이 있는지 모르겠다…… 같은 식으로 말했어!"

미미미는 그 말을 듣고 입을 꼭 다물더니, 곧 고함을 질렀다.

"아~! 그렇게 된 거구나! 어! 유즈는 그런 짓도 하는 거야?!"

미미미가 깜짝 놀라자, 이즈미는 당연하다는 듯이 고개를 끄덕였다.

"응. 해."

"오, 오오……."

미미미는 그 말을 듣고 약간 충격을 받았다. 그녀는 평소 실없는 태도를 취하지만, 동년배 사이에서는 꽤 얌전한 편이라고 자부했다.

하지만, 자신이 상상조차 못 했던 연애의 줄다리기를 동급생인 이즈미가 하고 있으며, 그 이야기를 아무렇지 않은 듯이 입에 담자, 왠지 뒤처지고 있는 듯한 느낌을 받았다.

"유즈는 보기보다 어른스럽네."

"어, 그렇지는 않다……고 생각해."

"……그렇구나."

미미미는 흠 하고 신음을 흘리며 생각했다. 그러는 와중에도 이즈미는 이야기를 이어갔다.

"하지만, 전혀 눈치를 못 챘다고나 할까, 오히려 마이너스로 작용하고 있는 느낌이 들어~."

히나미는 그 말을 듣더니, 납득한 것처럼 고개를 끄덕였다.

"뭐, 슈지에게는 좀 이를지도 몰라."

"어~, 역시 그런 거야?"

"응. 슈지니까 어쩔 수 없어."

미미미는 그런 두 사람의 대화를 듣더니 웃음을 터뜨렸다.

"나카무~는 정말 대접을 못 받고 있네……."

히나미는 그 말을 듣고 웃음을 터뜨렸고, 진지한 표정을 짓고 있던 이즈미는 하아 하고 한숨을 내쉬었다.

"어쩌면 좋을까?"

히나미는 으음~ 하고 신음을 흘리며 생각에 잠겼다.

"……좀 더 알기 쉽게 밀어붙이는 건 어떨까?"

"알기 쉽게……."

대화가 중단되자, 히나미와 이즈미는 대책을 짜듯 생각에 잠겼다. 한편 미미미는 뒤늦게 생각에 잠겼다. 어쩌면 자신도 좀 더 연애라는 것에 적극적일 필요가 있을까. 미미미는 손가락으로 자신의 턱을 매만졌다.

문뜩, 미미미의 핸드폰이 진동했다. 확인을 해보니, 이번 이어주기 작전용 라인 그룹에 새로운 메시지가 올라와 있었다. 그것을 보낸 이는 미즈사와였다.

　『슈지는 시마노 선배에게 「지금 애인과 잘 안 된다」는 이야기를 들은 것 같아(웃음).

　그래서 좀처럼 다른 애와 사귀지 못하는 거야.』

　미미미는 분위기를 살피면서 뭐라고 대답을 할지 생각했다. 히나미도 핸드폰을 만지작거리기 시작했기 때문인지, 히나미도 자신의 스마트폰 화면과 눈싸움을 시작했다. LINE 대화를 하기 쉬운 분위기였다.

　『아~, 그 선배는 그런 구석이 있긴 해!

　진짜 마음에 안 든다니깐!』

　미미미가 문장을 입력하자, 미즈사와에게서 또 답장이 왔다.

　『성격이 더럽긴 하지~.』

　그 뒤를 이어, 옆에 있는 히나미가 보낸 메시지가 올라왔다.

　『슈지, 어장 관리당하고 있는 거야? (웃음)』

　『실은 후미야가 슈지에게 대놓고 어장관리라고 말했어. 완전 폭소를 터뜨렸다니깐.』

　미미미는 미즈사와가 보낸 LINE을 보고 웃음을 터뜨릴 뻔했다. 그리고 폭소를 터뜨린 토끼 스탬프와 함께『정말? 역시 토모자키는 대단해!』는 메시지를 올렸다.

그러자 토모자키한테서 『그 말을 했더니 나카무라가 엄청 노려봤어』라는 문장이 올라왔고, 미미미는 후훗, 하고 웃음을 흘렸다. 그리고 그것을 직설적으로 표현하기 위해 『ㅋㅋㅋㅋㅋㅋㅋ』라는 메시지를 보냈다.

그렇게 즐겁게 채팅을 이어가고 있을 때, 히나미가 불쑥 이런 문장을 썼다.

『그것보다! 우리도 유즈한테서 폭탄 발언을 들었어!』

그러자, 토모자키가 『폭탄발언?』이라는 메시지를 올렸다.

『응. 유즈는 일부러 슈지에게 「지금 신경 쓰이는 사람이 있다」는 이야기를 한 것 같아!(웃음)』

그러자 미즈사와는 멋진 중년 남성이 손을 앞으로 내밀며 「잠깐만 있어봐」 하고 말하는 스탬프를 올렸다.

『슈지도, 지금 노리는 여자애한테서 「신경 쓰이는 사람이 있다」라는 이야기를 들었다더라고(웃음)』

미미미는 그 문장을 보고, 히나미와 시선을 마주했다.

이즈미는 나카무라에게 「지금 신경 쓰이는 사람이 있다」는 말을 했다.

그리고 나카무라는 노리는 여자애한테서 「신경 쓰이는 사람이 있다」는 말을 들었다.

미미미와 히나미를 서로를 쳐다보며 히죽거렸다.

틀림없다. 두 사람은 서로를 마음에 두고 있었다.

『우와, 웃겨 죽겠네.

서로가 서로를 좋아하고 있잖아!!』라는 메시지를 미미미가 올렸다.

그 뒤를 이어 히나미가 『빨리 사귀란 말이야.』라는 메시지를 올렸다.

그런 식으로 즐겁게 LINE을 하고 있을 때, 불쑥 이즈미가 이런 말을 했다.

"저기! 그리고 보니 나만 사랑 이야기를 했잖아! 너희는 뭐 없어?"

스마트폰을 쳐다보고 있던 두 사람은 자연스럽게 이즈미를 향해 고개를 돌렸다. 미미미는 으음~ 하고 신음을 흘리며 생각에 잠겼고, 히나미는 뭔가 꿍꿍이가 있는 듯한 웃음을 흘렸다.

"그게 딱히 없네. ……그럼 고백을 받은 이야기를 해도 돼?"

"어~, 그건 또 무슨 소리야~?!"

히나미가 태연한 어조로 폭탄 발언을 하자, 이즈미가 바로 반응을 보였다.

"역시 고백받은 적이 있구나~! 그럴 줄 알았어~!"

"이야기를 나눠본 적도 거의 없는 사람한테서 가끔 말이야. 뭐, 누구인지는 밝히지 않을게."

"어~! 아오이 선수, 그러면 안 되죠!"

"맞아~! 약았어!"

"어~. ……영차."

히나미는 난처한 듯이 쓴웃음을 짓더니, 이 방에 있던 쿠션을 등에 대며 벽에 기댔다.

바로 그때, 미미미는 뭔가 감이 왔다는 듯한 어조로 이렇게 말했다.

"잠깐만, 방금 가끔이라고 했지?! 그럼 몇 번이나 받았던 거네?!"

"으음~, 맞아."

히나미가 긍정하자, 미미미는 히나미의 옆구리를 간지럽혔다.

"헛소리하지 마, 이 인기짱! 귀여워! 사랑해!"

"아, 칭찬이네. 고마워."

히나미와 미미미가 그렇게 장난을 치고 있는 가운데, 눈을 반짝이며 두 사람을 쳐다보던 이즈미가 입을 열었다.

"저기! 한 명 정도만 가르쳐줘~!"

"어~. ……으음~."

"안 될까?"

이즈미가 안타까운 표정을 지었다. 미미미처럼 끈질기게 가르쳐달라고 하면 거절하기 쉽겠지만, 이렇게 감정에 호소하자 히나미라도 거절하기 힘들지 눈썹을 살짝 찌푸렸다.

"뭐…… 그 사람이면 괜찮겠지."

히나미가 그렇게 말하자, 이 방 안의 분위기가 확 달아

올랐다.

"오오! 역시 아오이 선수!"

"대체 누구인데?!"

그리고 히나미는 천장 쪽을 올려다보면서 말을 이었다.

"으음~. 축구부의 타카하시, 알아?"

"어! 나, 알아!"

이즈미는 놀란 것처럼 눈을 동그랗게 떴다.

"응? 타카하시라면…… 생각이 날 듯 말 듯한 데~."

미미미가 고개를 갸웃거리자, 이즈미는 흥분한 어조로 입을 열었다.

"그 사람이잖아! 갈색 파마머리를 한 사람! 생각 안 나?!"

미미미는 그 말을 듣고 생각이 난 것처럼 손뼉을 쳤다.

"어! 누구인지 알겠어! 키가 큰 사람이지?"

"맞아! 꽤 커!"

"에이스 맞지?"

"그래!"

"어~! 꽤 멋진 사람이네!"

축구부에 소속된, 꽤 인기 있는 남자애다. 그런 사람에게 히나미가 고백을 받았다고 하는 꽤 큰 에피소드를 듣고, 이즈미와 미미미는 흥분했다. 히나미는 그런 두 사람을 보더니, 어깨를 으쓱했다.

그리고 미미미는 몸을 쑥 내밀며 질문을 던졌다.

"그런데, 뭐라고 대답했어?! 오케이?! NO?!"

"응? 거절했어."

"어~!"

히나미가 태연한 어조로 그렇게 대답하자, 미미미는 뒤편으로 털썩 쓰러졌다. 히나미는 그 모습을 보더니 즐겁게 웃었다.

"아오이는 정말 철벽 요새라니까."

이즈미가 그렇게 말하자, 히나미는 생각에 잠기듯 고개를 슬며시 들었다.

"그래~?"

"응. 맞아. 그런데, 아오이가 신경이 쓰이는 사람은 없어?"

"어~. 내가 말이야?"

이즈미가 그렇게 묻자, 히나미는 말문이 막혔다.

"……그런 사람이 있나?"

히나미가 고민하자, 미미미는 또 딴죽을 날렸다.

"아오이, 바로 대답하지 못하는 것만 봐도 너는 철벽요새거든?"

"아하하. 그렇구나."

히나미는 즐거운 듯이 웃었다.

"어! 그럼 말이야!"

바로 그때, 이즈미가 문득 생각이 난 것처럼 이렇게 말했다.

"오늘 같이 온 남자 네 명 중에서 누가 가장 괜찮다고 생각해?"

"아! 나도 궁금해!"

미미미는 히나미를 향해 몸을 쑥 내밀면서 이즈미의 말에 맞장구치듯 그렇게 말했다.

"오늘 같이 온 애들 중에서……."

히나미는 고민이 되는지 시선이 약간 흔들렸다.

오늘 같이 온 남자는 총 네 명, 나카무라, 미즈사와, 타케이, 토모자키다.

"……그런데, 나만 대답해야 하는 거야? 너희도 말해봐."

"아, 그것도 그러네. 알았어."

이즈미는 납득한 것처럼 그렇게 말했다.

미미미는 그런 이즈미를 놀리듯 씨익 웃으면서 입을 열었다.

"뭐, 유즈는 당연히 나카무~를 뽑겠지만 말이야."

"으……. 정말~!"

이즈미는 부끄러워하면서 미미미의 어깨를 두드렸다.

"뭐, 그건 그래~. 그럼 나와 미미미만 대답하면 되겠네~."

"맞아! 으음…… 아오이는 정했어?"

"으음. 뭐, 둘 중 한 명일 것 같기는 해."

이즈미는 그 말을 듣더니 바로 입을 열었다. 그녀의 표정에는 불안이 어려 있었다.

"어! 누, 누구야?!"

"그게 말이지~."

"응."

이즈미가 맞장구를 치자, 히나미는 약간 뜸을 들인 후, 이렇게 말했다.

"──타카히로, 아니면 토모자키 군이야."

이즈미는 그 대답을 듣자마자 큰 목소리로 말했다.

"어~! 그렇구나!"

그리고 한 박자 늦게, 미미미도 입을 열었다.

"……흐음! 조금 의외야!"

히나미는 그 말을 듣더니 쓴웃음을 흘렸다.

"내가 토모자키 군을 언급해서 말이야?"

"응. 뭐, 그래!"

미미미는 주저 없이 대답을 했고, 그러자 히나미가 웃음을 터뜨렸다.

"아하하. 그렇지? 뭐, 이유를 밝히자면……."

"응."

이즈미는 나카무라의 이름이 언급되지 않아서 그런지, 안도한 듯한 반응을 보이며 빨리 말해보라고 재촉했다.

"타카히로는 가장 말이 잘 통할 것 같아. 취미가 아니라, 사고방식 같은 게 말이야."

미미미는 그 말을 듣더니 납득한 것처럼 고개를 끄덕였다.

"아하~. 그 말은 좀 이해가 돼. 두 사람 다 뭐든 척척 잘 할 타입이잖아."

"으음. 뭐, 그럴지도 몰라."

히나미가 약간 겸양하는 듯한 발언을 입에 담자, 이즈미도 뒤이어 고개를 끄덕였다.

"응. 확실히 납득이 돼. 외모적으로도 잘 어울릴 것 같네."

그리고 미미미도 고개를 끄덕였다.

"그것도 틀림없죠!"

"아하하. 고마워."

"그런데, 브레인은 왜 뽑은 거야?!"

미미미는 흥미롭다는 듯한 투로 물었다.

"토모자키 군은…… 왠지 타카히로와는 다른 의미에서 마음이 맞을 것 같거든."

"흐음, 그렇구나."

이즈미는 납득이 안 된다는 투로 맞장구를 쳤고, 미미미는 뭔가를 생각하는 투로 「아~」 하고 말하며 아래편을 쳐다보았다.

"그게 말이야. 토모자키 군은 약간 괴짜잖아?"

미미미는 선거에서 자신을 도와줬던 그의 모습을 떠올리며 즐거운 듯이 웃었다.

"아하하, 그 말은 이해가 돼."

"약간 금욕적이랄까, 지는 걸 싫어한다고나 할까…… 그런 구석이 마음에 들어."

히나미가 그렇게 말한 순간, 미미미의 눈썹이 약간 꿈틀거렸다.

히나미가 방금 입에 담은 『지는 걸 싫어한다』라는 말……. 납득이 되기는 하지만, 자기 이외의 다른 이가 토모자키를 향해 그런 표현을 쓴 것이 약간 의외였다.

"확실히 브레인은 좀 그런 스타일이기는 해. 그리고 아오이도 그런 부분에서 죽이 맞을 것 같아."

미미미는 선거 때 토모자키와 나눴던 이야기를 떠올리며 그렇게 말했다.

그러자 이즈미도 고개를 끄덕였다.

"응, 나도 동감이야! 게임도 엄청 잘하잖아~."

미미미는 이즈미의 그 말을 듣고 또 약간 놀랐다.

"……흐음~. 브레인의 그런 면을 이해하고 있는 사람이 꽤 있네."

미미미는 그렇게 말하며 씨익 웃었다.

토모자키는 요즘 들어 자신과 히나미, 이즈미와도 이야기를 나누게 되었다. 그리고 미미미에게 있어 토모자키는 자신과 힘을 합쳐 선거전을 치른 전우이기도 했다.

그런 토모자키를 이 두 사람이 의외로 높게 평가하고 있다는 사실이 미미미는 왠지 기뻤다. 뭐야. 토모자키도 꽤 하잖아. 앞으로도 이러면 된다고, 브레인. 미미미는 그렇게 생각하면서 몇 번이나 고개를 끄덕였다.

"뭐, 이 정도면 대답이 됐지?"

히나미가 그렇게 말하자, 이즈미와 미미미는 만족 섞인 목소리로 입을 열었다.

"이야, 여러모로 재미있는 이야기였어요……."

"응. 사랑 이야기 느낌이 물씬 났어."

"아하하. 그것참 다행이군요."

히나미는 쓴웃음을 짓더니, 뭔가 꿍꿍이가 있는 것처럼 입술 가장자리를 추켜올렸다.

"미미미는 어때?"

"응?"

미미미는 허를 찔린 듯한 반응을 보였다.

"설마 내 대답을 들어놓고 자기는 입 다물고 있을 셈이었던 건 아니지?"

"아~."

히나미의 대답을 듣고 완전히 만족했던 미미미는 고개를 끄덕였다.

"나, 나 말이구나. 네 사람 중에서 한 명을 고르라는 거지?"

미미미는 잠시 동안 진지하게 생각해봤다.

자신은 누가 신경 쓰일까. 누구는 무리일까. 고심을 한 미미미는 솔직하게 대답했다.

"으음, 그게 말이야. 솔직히 말해…… 딱히 마음에 드는 애가 없네."

"어~! 약았어!"

"맞아~. 약았네~."

이즈미가 항의를 했고, 히나미도 동의했다.

"꼭 누군가를 뽑아야 한다면 누구인데?!"

히나미가 편을 들어주자, 이즈미가 불만 섞인 어조로 그렇게 말했다.

"으, 으음, 그래…… 꼭 뽑아야 한다면……."

미미미는 솔직하게 대답한 것이지만, 약았다는 말을 듣는 것도 납득이 됐다. 그래서 그녀는 잠시 동안 생각에 잠긴 후, 진심을 담아 이렇게 대답했다.

"──타케이 말고는 전부 다?"

"아하하하! 너무해!"

히나미는 손으로 입을 막으며 순진무구한 웃음을 흘렸다.

"어~! 그럼 슈지도 포함되어 있는 거야?!"

이즈미는 약간 불안한 듯한 어조로 그렇게 말했다.

"뭐, 꼭 누군가를 뽑아야 한다면 말이지! 하지만 나카무~는 유즈에게 양보할게."

"아, 아니, 그런 의미로 한 말이 아닌데……."

이즈미가 눈을 살짝 내리깔자, 그 모습이 미미미의 심금을 울렸다.

"사랑에 빠진 소녀…… 소중해."

그리고 미미미가 서서히 이즈미에게 다가가자, 히나미가 그녀의 머리를 찰싹 소리가 나게 때렸다.

"아얏!"

"그러지 마."

"아직 아무 짓도 안 했거든?!"

"아직, 이라는 걸 보면 실은 할 생각이었던 거지?"

"윽, 들켰다!"

"……정말."

히나미는 한숨을 내쉬더니, 즐거운 듯이 웃음을 흘렸다.

"하지만 토모자키도 포함이 되어 있네!"

이즈미가 그렇게 말하자, 히나미도 고개를 끄덕였다.

"응! 맞아! 의외로 말이야."

그리고 미미미도 고개를 끄덕였다.

"그래! 진짜로 의외야!"

그 말을 들은 이즈미가 웃음을 터뜨렸다.

"아하하! 어쩌면 말이야!"

"응~?"

미미미가 되묻자, 이즈미는 태연한 어조로 말을 이었다.


"언젠가 둘 중 한 사람이 토모자키와 사귀는 거 아냐?!"


미미미는 그 말을 듣고 상상을 해봤다.

확실히 토모자키는 의외로 존경할 만한 인물이며, 멋진 구석도 잔뜩 있다.

하지만, 그와 자신이 사귀는 모습은 솔직히 상상이 안 됐다.

자신의 옆에 그가 서 있는 모습도, 히나미의 옆에 그가 서 있는 모습도 말이다.

그래서 미미미는 솔직하게 대답하기로 했다.

"에이! 말도 안 돼!"

어쩌면, 이 대답을 스스로 부정하는 날이 올지도 모른다.
그런 예감이—— 당시 그녀의 마음속에는 존재하지 않
았다.

약캐
토모자키군

The Low Tier Character
"TOMOZAKI-kun";

4 말로만 알 수 있는 색깔

"어?! 그럼 고백을 받은 거야……?"

"……으, 응."

"꺄아~!"

분위기를 뒤엎는 듯한 시끄러운 목소리고 어느 공립 중학교의 교실에 울려 퍼졌습니다.

저는 혼선을 일으키려 하는 전파로부터 몸을 숨기려는 것처럼, 자리에 앉아 있었어요.

"쉿~! 목소리가 너무 커!"

"에이~, 괜찮잖아! 옆의 옆 반 애지? 안 들려."

"그런 문제가 아냐~!"

귀에 들린 것은 남의『연애』이야기라는 싹을 접하고 흥분한 클래스메이트들의 목소리예요.

그 조그마한 싹을 접하는 것이 저희 같은 중학생이 어른이 되기 위한 첫걸음이에요. 그런 예감을 확인하듯 환한 목소리로 이야기를 이어가는 그녀들은 제 눈에 현실미가 없어 보였어요.

싱그러운 그녀들의 표정은 마치 빛을 투과하며 반짝이고 있는 유리구슬 같았으며, 분명 저는 그늘에서 그 구슬을 응시하고 있는 어린애겠죠.

"그래서?! 어떻게 할 거야?!"

"오, 오케이할까 해."

"꺄아~!"

같은 주파수의 목소리를 지닌 여자애들이 모이자, 저는

거기서 약간 어긋났어요. 사용하는 말은 같더라도, 주파수가 다른 듯한 감각이 저를 휘감았죠.

저에게는 친구가 많지 않아요. 친구와 같이 놀거나, 남자와의 연애에 관심이 없는 건 아니지만, 저에게 있어 그 빛이란 가까우면서도 멀게 느껴졌죠.

손을 뻗어보고 싶어요.

하지만, 제 손이 그 유리구슬에 닿은 순간, 구슬이 산산이 깨질 듯한 느낌이 들어요.

변명인지 이유인지 알 수 없는 말들이 머릿속을 가득 채웠고, 이대로는 안 된다고 생각하며 공기를 잔뜩 들이마셔 머릿속에서 말을 쫓아내자, 저의 안에는 아주 약간의 쓸쓸함과 바닥에 털썩 쓰러지는 듯한 체념만이 남았어요.

그것에는 분명 의미가 없으며, 그것을 자아내고 있는 건 우연과 현실이에요.

온갖 색으로 가득 차 있는 이 세상이 제 눈에는 그저 잿빛으로 보여요. 그런 세계에서 홀로 호흡을 하는 것 이외의 삶을, 저는 알지 못해요.

──그러던 중, 저는 한 권의 책을 만났죠.

＊ ＊ ＊

쉬는 시간에 도서실에 가는 건 초등학교 고학년 때부터

의 제 습관이지만 어쩌면 처음에는 도피였을지도 몰라요.

조용히 흐르는 시간……. 그곳은 어디엔가 반드시 속해야만 한다는 갑갑함으로 가득 찬 교실과 다르게, 거절이나 수용과 연관 없는 공간이었어요.

그저 제가 저로서 있을 수 있어요. 남의 눈을 신경 쓰거나, 아무것도 할 수 없다는 사실에 비참함을 느끼지 않아도 되는, 저 혼자만으로 완결될 수 있는 장소죠.

그렇게 편안한 장소로 도망친 저의 목적은—— 어느새 달라지고 말았어요.

책에 둘러싸인 그 장소를, 좋아하게 된 거예요.

넓은 세계에 비하면 좁쌀만 하다 해도 과언이 아닐 이 조그마한 공간. 이 공간에 꽂혀 있는 책의 숫자만큼, 세계가 존재하는 듯한 느낌이 들었어요.

그런 소망에 가까운 감각은 교실이라는 세계의 주인공이 되지 못하는 저를, 조용히 긍정해주는 것 같았어요.

분명, 구원을 받은 듯한 느낌이 들었다고 생각해요.

게다가, 그렇게 도서실을 다닌 덕분에 얻게 된 만남도 존재했죠.


점심시간.

오늘도 저는 평소와 마찬가지로, 도서실을 찾았어요.

드르륵 하는 소리를 내며 문이 열리자, 이 시간에 항상 도서실의 카운터에서 일을 하고 있는 사서인 고다 씨와 눈이 마주쳤어요. 고다 씨는 손짓을 하더니, 서글서글한 미소를 지었죠. 저는 약간 긴장 섞인 발걸음으로 고다 씨에게 다가갔어요.

"후카 양, 안녕~."

고다 씨는 그렇게 말하며 웃자, 건강미가 느껴지는 까무잡잡한 피부와 대비되는 새하얀 치아가 모습을 드러냈어요.

"……고다 씨, 아, 안녕하세요."

도서실 안에는 저와 고다 씨 말고는 아무도 없어요. 제가 인사를 하자, 고다 씨는 약간 애교 있게 삐친 표정을 지었어요.

"정말~. 그냥 사야카 씨라고 불러도 된다고 했지? 고다는 영 어감이 좋지 않단 말이야."

"으, 으음……."

"진짜 답답하네. 아니면 그냥 **사야카**라고 불러도 돼."

"그, 그건 좀…… 연상, 이시니까요."

고다 씨는 그 말을 듣더니, 의미심장한 표정을 지으며 몇 번이나 고개를 끄덕였어요.

"하긴~. 후카 양이 보기에 나는 완전 아줌마겠지."

"그, 그런 의미는……."

제가 난처한 듯한 반응을 보이자, 고다 씨는 만족한 것처럼 고개를 끄덕였어요. 저는 미워할 수 없는 저 미소가 참 좋아요. 하지만 어떻게 하면 제가 난처해하는지 잘 알고 있고, 그걸로 저를 놀리는 고다 씨는 꽤 약았다고 생각해요.

게다가 후카 양이 보기에 자기는 아줌마, 라고 말을 하지만 저는 고다 씨의 나이가 20대라는 것만 알아요. 거기서부터는 들어서면 안 되는 영역 같아요. 솔직히 그것도 좀 약았어요. 제가 보기에 고다 씨는 나이가 어떻게 되든 정말 매력적인 여성 같아 보이는데, 대체 왜 자기 나이를 숨기는 걸까요.

"자아, 전에 읽던 책은 어제 다 읽었지?"

"예."

제가 그렇게 대답하자, 고다 씨는 입술을 슬며시 내밀며 생각에 잠겼어요. 그리고 카운터 옆에 쌓여 있던 책 중에서 몇 권을 꺼냈죠.

"받아. 이것들이 오늘 내 추천도서야."

"와아~! 감사해요."

고다 씨는 다섯 권의 책을 카운터 위에 나란히 뒀어요. 그러자, 카운터 위가 화사한 느낌으로 변했죠. 저는 그 책들의 표지를 지그시 응시했어요.

"······전부 멋진 책이네요."

"그렇지~? 뭐, 이 사야카 언니가 고른 책이거든."

고다 씨는 『언니』라는 부분을 강조하면서, 의기양양하게 입술 가장자리를 추켜올렸어요.

최근 몇 달 동안, 고다 씨는 책을 추천해주셨어요.

미술 교사와 사서를 겸임하면서 디자이너를 꿈꾸고 있는 고다 씨는 공부를 위해 디자인에 관련된 재미있는 책을 잔뜩 모았어요. 그리고 도서실에 자주 드나들게 된 저에게 그중에서 마음에 든 책을 빌려주게 되었죠.

"예전 책들과 마찬가지로, 내용은 전혀 읽어보지 않았지만 말이야."

고다 씨는 또 장난기 섞인 미소를 지었어요.

사서로서 그것은 좀 문제가 있다는 생각도 들었지만, 저는 그 덕분에 멋진 이야기와 몇 번이나 만날 수 있었어요. 분명 표지는 책 안의 세계로 드나드는 문 같은 것이며, 그것을 접하면 건너편의 온도가 희미하게 전해져 와요.

"어때~? 고민되지~?"

고다 씨는 어느새 제 취향을 파악한 건지, 제 눈앞에 놓인 책 다섯 권의 표지 디자인은 전부 비슷한 분위기를 갖추고 있어요. 몽환적이고, 동시에 약간의 쓸쓸함과 그리움이 감도는 느낌이라고나 할까요.

고다 씨가 추천해줄 때, 저는 항상 무의식적으로 그런 디자인의 책을 골랐던 것 같아요. 같아요, 하고 말한 건 제가 그런 분위기를 좋아한다는 것을 고다 씨 덕분에 알았기 때문이죠.

제가 선택을 못하자, 고다 씨는 턱을 괴면서 기쁜 듯한 눈길로 저를 쳐다보았어요. 왜 고다 씨는 제가 난처해할 때마다 이렇게 기뻐하는 걸까요.

"……이걸로 할래요."

바로 그때, 눈에 들어온 것은 바로 한 권의 판타지 소설이었어요.

『맹금류의 섬과 포포루』

──저자 : 마이클 앤디.

이 책이 눈에 들어온 것은 그야말로 우연이며, 진한 녹색인 표지에 금박으로 글자가 적힌 표지 디자인에 왠지 끌렸어요.

굳이 따르자면 몽환적이며 쓸쓸한 느낌 안에, 뭔가가 텅 비어 있는 듯한 느낌이 든 걸지도 몰라요. 그 공백의 정체를 알고 싶은 듯한, 혹은 이 현실미 없는 세계로 자신이 여행을 떠날 수 있을 듯한 예감을 들었다고나 할까요.

아무튼, 저는 자연스레 그 책을 쥐었어요.

"오오, 그거 확실히 괜찮지. 나도 추천하는 거야."

고다 씨는 상냥한 미소를 지으면서 저의 손가락을 눈으로 좇았어요.

"……왠지, 멋지네요."

저는 그 표지를 쓰다듬듯, 감촉을 확인했어요. 거슬거슬한 감촉이 느껴지는 두꺼운 표지에서는 그냥 인쇄만 된 게 아니라 울퉁불퉁함이 느껴졌어요. 마치 인쇄자와 디자이

너의 이 책에 대한 애정이 느껴지는 듯한, 그런 두근거림이 느껴져요.

그리고 분명 기분 탓이겠지만, 표지 너머의 세계가 어렴풋이 따뜻한 느낌이 들어요.

계기는 하나같이 추상적이지만—— 저는 이 책을 읽어보고 싶다는 생각이 들었어요.

"이걸, 읽어봐도 될까요?"

"물론이지."

고다 씨는 고개를 끄덕이더니, 카운터에 펼쳐져 있던 다른 책을 모아서 정리했어요.

"그럼 천천히 읽어."

"……예. 감사해요."

고다 씨는 손을 흔들며 저에게서 시선을 떼더니, 그대로 자연스럽게 일을 시작했어요. 저도 카운터에서 벗어나서 항상 앉던 자리에 앉았어요.

고다 씨가 이런 식으로 대화를 길게 이어가지 않는 건, 분명 제가 말주변이 좋지 않다는 걸 알았기 때문이라는 것을 최근에 눈치챘어요. 제가 혼자만의 시간을 보낼 수 있도록 배려해주는 거예요.

그렇게 어른스럽게 세세한 배려를 할 수 있는 고다 씨를 저는 역시 좋아해요. 언젠가 자신도 20대가 되면 저렇게 멋진 여성이 될 수 있을지 생각하며, 저는 서서히 소설의 세계에 빠져들어 갔어요.

　　　　＊ ＊ ＊

"아, 드문 일도 다 있네."

"예…… 안녕하세요."

"후후, 안녕. 오늘은 두 번 보네."

그날 방과 후. 저는 수업이 끝난 후에 또 도서실에 들렀어요.

이유는 단순해요. 점심때 읽던 책의 뒷부분이 궁금했기 때문이에요.

저는 도서실에서 읽으려고 빌리지 않고 카운터 옆 책장에 꽂아뒀던 『맹금류의 섬과 포포루』를 뽑아 들었어요.

"이거, 읽어도 될까요?"

"물론이지."

고다 씨는 빙긋 웃으면서 손에 쥔 볼펜을 딸깍거리며 말을 이었어요.

"이 책, 그렇게 재미있었던 거야?"

고다 씨는 그렇게 말하면서 제가 들고 있던 책의 가장자리 부분을 손가락으로 훑었어요. 단정하게 자른 손톱 끝부분이 정말 여성적이며, 평소의 털털한 태도와 매력적인 갭을 자아내고 있어요.

"예. ……정말 재미있어요."

제가 책을 다시 끌어안으며 그렇게 대답하자, 고다 씨는 그렇구나~ 하고 말하며 고개를 끄덕였어요.

"그거 다행이네. 그럼 느긋하게 읽어."

"예."

고다 씨는 그렇게 말하며 또 대화를 마무리 지었어요. 평소와 마찬가지로 적절한 거리를 유지하며 저를 대하려 하는 상냥함이 느껴졌죠. 저는 그것을 기분 좋게 느끼며 도서실의 의자에 앉은 다음, 책을 펼쳤어요.


『맹금류의 섬과 포포루』는 정말 쓸쓸한 이야기였어요.

주인공인 포포루라는 남자애는 어느 광대한 숲에서 자랐어요.

그곳은 몸길이가 십여 미터는 될 듯한 독수리, 비드가 지배하는 커다란 숲이며, 수많은 인간과 엘프라 불리는 종족이 때때로 다투면서도 각각 흩어져서 살고 있어요.

숲에는 인간과 엘프 말고도 이형의 존재라 할 수 있는 생물들이 많이 살고 있었어요.

커다란 나무 주위에는 몸이 소이고 머리가 도마뱀인 짐승이 활보하고 있어요. 숲 중앙을 흐르는 커다란 강에서는 날개를 노 삼아 저으며 수영을 하고 있는 박쥐가 표범 무늬를 지닌 피라냐를 포식하고 있어요.

하지만 지능을 지닌 종족은 전부 『후바라 어』라 불리는 공통적인 언어를 쓰고 있으며, 의사소통만은 가능해요. 그런 불가사의한 세계죠.

주인공인 포포루는 인간인 아버지와 엘프인 어머니 사

이에서 자랐어요.

다른 종족 간의 혼인은 물론이고 적극적인 우호 관계조차 보기 힘든 이 세계에서, 종족의 벽을 넘어 사랑하는 사이가 된 이 두 사람은 괴짜예요. 비드가 정한 규율에 따라 인간과 엘프, 양족의 마을에서 추방되고 말았죠.

하지만 그것은 감정적인 추방이 아니었어요. 종족 간의 생식기능이 결정적으로 다른 이 세계에서, 다른 종족과의 혼인은 모든 종족에게 있어 붕괴의 길이죠. 전통적으로 그것을 금기시하고 있었던 거예요.

즉, 엘프와 인간은 겉모습은 비슷할지라도 아이가 생기지 않으며── 포포루는 주워온 아이였어요.


이야기는, 포포루의 부모님이 누군가에게 살해를 당하면서 본격적으로 시작되죠.


포포루가 물놀이를 하고 돌아와 보니, 세 사람이 함께 살던 초가집이 무참하게 부서져 있었고, 그곳에는 부모님의 흘린 듯한 혈흔과, 다툰 흔적이 있었어요.

그리고 포포루의 머리를 상냥히 쓰다듬어주던, 어머니의 가는 손가락의 일부가 굴러다니고 있었죠.

포포루는 소리를 죽여 사흘 밤낮으로 운 끝에, 다시 일어섰어요.

이 숲에서 먹이사슬은 운명이에요. 포포루도 도마뱀을

사냥했고, 생선을 구웠으며, 돼지를 잡아먹었죠. 지능을 지닌 종족들 간에는 서로를 죽이지 않는다는 규칙을 정했지만, 말이 통하지 않는 맹수들 중에는 인간과 엘프를 포식하는 종이 서식해요. 혹은 마을에서 추방당한 두 사람은 그 규칙이 적용되지 않는 걸지도 몰라요.

아무튼, 포포루는 외톨이가 되고 말았어요.

가족을 잃고만 포포루는 살아남기 위해 새로운 동료를 찾았어요.

맹수 이외의 존재가 이족보행으로 걸은 흔적을 쫓아, 엘프의 마을을 발견했고……

추운 하늘과 어둠 속에서 온기와 빛을 주는 불빛을 향해 걸어가, 인간의 마을에 도착했죠.

그러는 사이, 포포루는 어떤 사실을 깨달았어요.

아무래도 자신은 인간도, 엘프도 아닌 것 같아요.

포포루는 어느 종족의 마을에서도, 두려움의 대상이 되었어요.

인간과 엘프만 그런 게 아니었어요. 온갖 종족이 포포루를 두려워했죠.

힘과 지능을 갖춘 수인(獸人)의 마을에서도 마찬가지였

어요.

숲속에서 가장 강하고, 지성 또한 뛰어난 종족으로 알려진 수인들조차 두려움에 찬 눈길로 포포루를 쳐다봤죠.

밤의 숲을 홀로 걷고 있을 때, 어둠의 제왕인 거대 부엉이가 자신을 보고 도망친 적도 있죠.

그러고 보니 포포루는 앞이 거의 보이지 않아요. 자신이 무의식적으로 내고 있는 소리의 반사를 통해 사물의 형태와 거리를 정확하게 파악했고, 예민한 후각으로 물체의 성분을 정확하게 파악했죠.

그리고 눈이 보이지 않기 때문에—— 물에 비친 자신의 모습을 본 적도 없어요.

그래서, 포포루는 생각했어요.

분명 자신은, 아무와도 소통할 수 없는 이형의 존재일 거라고 말이에요.

저는 그런 이야기를 시간이 가는 것도 잊은 채 읽었어요.

그리고 마지막 한 페이지까지 읽은 다음, 문득 고개를 들어보니——.

"아……."

창 너머로 보이는 하늘이 어느새 어두워져 있었어요.

"후카 양~."

"아, 예?!"

카운터 쪽에서 늘어진 목소리가 들렸어요.

"푹 빠져 있던데 말이야. 그렇게 재미있었어?"

고다 씨가 하품을 하면서 그렇게 말한 순간, 저는 화들짝 정신을 차렸어요. 시계를 보니, 여섯 시 반이었죠.

"아, 죄, 죄송해요. 어느새 시간이⋯⋯!"

"괜찮아~."

고다 씨는 가볍게 웃으면서 그렇게 말했어요. 아마 제가 책을 다 읽을 때까지 기다려준 거겠죠.

저는 미안해하면서 고다 씨를 쳐다보았어요. 그러자 고다 씨는 눈을 동그랗게 떴어요.

"어, 후카 양?"

"아, 예?"

"으음."

고다 씨는 자신의 볼을 손가락으로 가리켰어요.

"어?"

제가 그 행동을 흉내 내듯 손가락으로 제 볼을 만져보니, 물기가 느껴졌어요.

"아⋯⋯."

"혹시, 눈치 못 챘던 거야?"

고다 씨는 쓴웃음을 흘리면서 그렇게 말했어요.

"아, 그게――⋯⋯."

볼에서 느껴진 물기, 그것은 바로 눈물이었어요.

물론 제가 그것을 완전히 눈치채지 못했던 것은 아니에요.

어렴풋이 눈치채고 있었지만, 그것이 신경 쓰이지 않을 만큼 이야기에 빠져 있었죠. 눈물을 닦거나, 정신을 차리는 것보다, 이 이야기의 다음 내용이 알고 싶다. 그런 생각에 사로잡혀 있었어요.

"엄청나네~. 후카 양이 우는 모습을 처음 본 것 같아."

고다 씨는 눈을 깜빡이며 저를 쳐다봤어요.

"저, 저도…… 남 앞에서 운 건…….."

"어~! 처음이야?"

"으음, 아마 그럴 거예요. 철이 든 후로는…… 처음이에요."

고다 씨는 그 말을 듣더니 어찌 된 건지 상냥한 미소를 지었다.

"……그래, 그렇구나. 철이 든 후로는 처음이네."

"아, 예."

제가 그 미소의 의미를 알지 못하는 채로 대답을 하자, 카운터에 있는 고다 씨가 가슴이 두근대는 듯한 눈길로 저를 쳐다봤어요.

"저기! 어떤 이야기였어? 이 언니에게 가르쳐줘."

책상을 사이에 두고 맞은편에 앉은 고다 씨가 저를 향해 몸을 쑥 내밀며 그렇게 말했어요.

이럴 때 제 옆에 앉는 것도, 고다 씨 나름의 배려겠죠.

"으, 으음…… 그럼……."

그리고 저는 이 쓸쓸하면서도── 훈훈한 이야기를, 고다 씨에게 들려줬어요.


\* \* \*


"──그래서, 포포루는 눈치챈 거예요. 자신은 누구와도 사이좋게 지낼 수 없는 이형의 종족일 거라고요."

"오~. 그렇게 나왔구나. 그래서?"

고다 씨는 쉴 새 없이 표정을 바꾸며 저의 이야기에 귀를 기울였어요. 저 또한 스스로도 놀랄 만큼 술술 이야기를 했죠. 제가 좋아하는 것에 대해 이야기를 하는 것 자체가 기뻤던 걸지도 몰라요.

"하지만 포포루는 포기하지를 못했고……. 두려움의 대상이 되면서도, 따돌림을 당하면서도, 말을── 후바라 어를 쓰면서, 여러 종족을 찾아가요."

"흠흠. 숲에 사는 다른 종족과 말을 통하니까 말이야."

"예. 그래서, 점점 동료가 늘어나요."

저는 천천히, 자신의 목소리로 이 이야기를 전했어요.

"어~. 대단하네. 그런데, 어떻게 친해진 거야?"

고다 씨는 싱글벙글 웃으면서 저의 이야기를 들어줬고, 저 또한 많은 이야기를 입에 담았어요.

"처음에는 누구와도 친해지지 못했지만, 계기가 있었어

요. 포포루는 아버지와 어머니에게서 인간의 마을과 엘프의 마을에 내려오는 전승을 들었죠."

"전승?"

"신화라고나 할까…… 그 세계의 옛날이야기 같은 거예요."

"모모타로나, 우라시마 타로 같은 거야?"

"예. 그런 거예요."

"그렇구나~."

내가 고개를 끄덕이자, 고다 씨도 덩달아 고개를 끄덕였어요.

"포포루가 들은 전승 중에서도 특이한 전승이 하나 있었어요. 포포루는 그 이야기를 가장 좋아했지만, 아는 사람이 거의 없었죠……. 하지만, 어느 호수의 요정이 그 전승을 알고 있었어요."

"오오, 그래서?"

"예. 같은 이야기를 좋아하는 요정과 서로를 이해하게 되었고…… 그 후로 점점 종족의 울타리를 넘어, 동료가 늘어갔죠."

"그렇구나. 응, 멋진 이야기네."

고다 씨는 솔직담백한 목소리로 저의 말에 답했어요.

"그리고…… 동료가 된 동료들과 숲 밖으로 나가기로 했어요."

"흐음. 이유가 뭐야?"

"숲 밖의 세계를 보고 싶다, 전승으로만 접했던 바다를 보고 싶다…… 그런 이야기가 나왔어요. 아…… 포포루가 좋아하는 전승에 바다가 나오거든요."

"그렇구나. 그렇게 모험이 시작되는 거네."

이야기 속의 장면을 떠올리자, 저는 또 감정이 끌어 올랐어요.

"맞아요! 다들 협력했죠. 인간이 지혜를 내서 도구를 만들었고, 엘프가 불가사의한 힘으로 다른 이들의 피로를 치유해줬으며…… 포포루가 어둠속에 숨어있는 짐승들로부터 동료를 지켰어요. ……그렇게, 다들 최선을 다했어요."

"아하하. 포포루는 강하잖아."

"예! 지금까지 남들이 받아주지 않았던 포포루의 힘이, 동료들에게 도움이 되는 게 정말 기뻤어요!"

저는 이야기를 하다 보니, 점점 목소리가 커졌어요.

"그렇구나. 나도 정말 멋지다고 생각해."

"그렇죠?!"

"응."

고다 씨는 상냥한 표정으로 저를 응시했어요. 저는 저 미소가 정말 좋았고, 이 미소를 보면서 계속 이야기를 하고 싶다고 생각했죠.

"그리고…… 드디어 숲 밖으로 나갔어요."

"오오, 드디어!"

"그들이 본 것은 숲에서는 결코 볼 수 없었던 바다

와…… 해가 그 바다로 저물어가는 자아낸 저녁노을이었
어요."

"오~. 바다가 보였구나. 해피엔딩이네."

저는 몸을 살짝 내밀었어요.

"고다 씨도 그렇게 생각했죠?!"

"어? 아냐?"

"그게 말이죠……."

저는 약간 뜸을 들이며 말을 정리했어요. 이 이야기의
즐거움을 가능한 한 명확하게 전해주고 싶다. 그런 생각이
제가 그런 행동을 하게 만든 거라고 생각해요.

"어떻게 된 건데?"

저는 약간 작은 목소리로 말했어요.

"……포포루는 그것을 볼 수 없었어요."

고다 씨는 그 말을 듣고 납득한 것처럼 손뼉을 쳤어요.

"……아, 그래. 포포루는 앞이 안 보이지."

"예. 포포루는 시력이 거의 없어서, 소리의 반사로 사물
을 인식해요……. 그래서 빛을 어렴풋이 느낄 수는 있어
도, 저녁노을의 아름다움은 알 수가 없었죠."

고다 씨는 그 말을 듣더니, 당혹스럽다는 듯이 미간을
살짝 찌푸렸어요.

"어, 그래서 어떻게 되는데?"

"거기서부터가 제가 좋아하는 장면인데……."

"응."

저는 아까 읽은 내용을 떠올리며 말했어요.

"다들── 말을 통해, 그 모습을 설명해준 거예요."

"……오오! 그런 방법이 있구나!"

저는 그 장면을 떠올리며, 감정을 담아 낭독하듯 이야기를 했어요.

"『모닥불처럼 기분 좋은 빛이, 하늘에 흩날리는 나뭇잎처럼 수면 위에서 반짝이며, 우리를 비추고 있어!』『검은 양에게서 동료를 지킬 때의 용기처럼 힘차고, 동료와 함께 식후의 수프를 마실 때처럼 상냥한 빛이, 숲을 감싸듯 쏟아져 내리고 있네!』다들 포포루와 함께 저녁노을을 **보기** 위해, 공통언어인 후바라 어로 저녁노을의 아름다움을 표현한 거예요!"

그 말은 마치 마법 같았어요.

"그렇구나……."

고다 씨도 그 정경을 상상하고 있는 건지, 창밖을 쳐다보며 미소 지었어요.

"그렇게 포포루도 동료들과 함께 저녁노을을 **볼 수** 있었어요……."

"그건 정말 멋진 이야기기네."

"맞아요!"

"그렇구나……."

고다 씨는 뭔가를 곱씹듯이, 생각하듯, 팔짱을 끼며 눈을 내리깔았어요.

저도 멋진 이야기를 제가 좋아하는 사람과 공유할 수 있는 게 기뻐서 그런지, 훈훈한 마음으로 가슴 속이 가득 찼죠.

바로 그때, 고다 씨가 불쑥 입을 열었어요.

"그런데 말이야."

"예?"

저는 고다 씨와 시선을 마주했어요. 그러자 고다 씨는 저의 얼굴을 지그시 쳐다보며, 불가사의한 표정을 지었어요.

"──후카 양이 눈물을 흘릴 만큼 감동한 건, 이 이야기의 어느 부분이었어?"

"……으음."

그 질문에 대답을 하려니 왠지 멋쩍으면서 난처했어요. 하지만 고다 씨는 중요한 질문을 하듯 진지한 표정을 지으며 저를 쳐다보았어요.

그래서 저는 가능한 한 진지하게 그 질문에 답하기 위해, 제 마음이 어떠했는지 떠올려봤어요.

"그게── 포포루는 애초에 남들과 다르잖아요."

"응."

"겉모습도, 종족도, 다른 애들과 전혀 다른데, 그런데도 포기하지 않으며, 남들과 친해지려고 노력해요……."

저는 말을 이으면서, 위화감을 느꼈어요.

"몇 번이나 거절을 당하면서도, 제대로 이야기를 나누다

보면, 대화를 통해 서로를 이해할 수 있을 거라고 여기며, 몇 번이나 도전했고⋯⋯."

"⋯⋯응."

왠지, 책의 이야기가 아니라 다른 이야기를 하는 듯한 느낌이 들었어요.

"그리고 마지막에는 진심으로 소통할 수 있는 동료를—— 친구를 만든 게 왠지 눈부셔 보였어요."

"그랬구나."

"그래서 감동한 나머지⋯⋯ 눈물을 흘린 것 같아요."

제가 자신이 느낀 감동의 정체를 더듬거리며 설명하자, 고다 씨는 납득했다는 듯이 고개를 끄덕였어요. 그리고 뭔가 꿍꿍이가 있는 듯한 미소를 지었죠.

"저기, 후카 양."

악동처럼 반짝거리는 그 눈동자는 역시 매력적이었어요.

"나 말이지. 후카 양도 할 수 있을 거라고 생각해."

"⋯⋯할 수, 있다고요? 뭘 말이에요?"

저는 이때, 고다 씨가 하려는 말이 뭔지 눈치챘으면서도 그 말을 입에 담는 것을 주저했다고 생각해요.

하지만, 이럴 때⋯⋯.

고다 씨는 항상 이 낭떠러지를 아무렇지 않게 뛰어넘어요.

"——후카 양도 친구를 만들 수 있어!"

그것은 직시하는 것조차 거부한 일이자, 그와 동시에 마음 한편으로 바라왔던 일이라고 생각해요.

"……친구."

"응!"

그 말을 입에 담자, 망설임 혹은 두려움에 가까운 검은 안개가 제 가슴속을 가득 채우는 게 느껴졌어요.

"혹시, 필요 없어?"

고다 씨는 저를 배려하는 듯한 톤으로 그렇게 말했어요. 그래서 저는 거짓말을 할 수가 없었죠.

"……저도 가지고 싶기는, 해요."

"역시 그렇구나!"

고다 씨는 손뼉을 쳤어요.

"나 말이지? 실은 후카 양이 그런 것에 흥미가 없는 여자애라고 생각했어. 그래서 일부러 그런 이야기는 하지 않았던 거야."

고다 씨는 저에게 어른스러운 배려를 해주고 있었어요.

"하지만 후카 양이 방금 해준 이야기를 들어보니, 친구를 가지고 싶어 한다는 생각이 들지 뭐야."

"그랬, 군요."

그래서 저는 마음이 벌거숭이가 된 듯한 느낌을 받았어요.

"응. 후카 양은 정말 멋진 여자애니까, 분명 같은 반 애들도 친하게 지내고 싶어 할 거야."

"……같은 반 애들도……."

저는 망설였어요.

"뭐, 강요하는 건 아냐. 혹시 상의할 상대가 필요하다면 내가 되어줄게."

"상의……."

저는 생각했어요. 같은 반 학생들에 대해서요.

저와 그 아이들은 그저 약간 주파수가 어긋날 뿐이라고 생각해요.

저의 톱니바퀴는 다른 사람들과 형태가 달라서, 제대로 맞물려 돌아가지 못한다.

저는 그런 식으로 생각했어요.

하지만, 만약 그렇지 않다면…….

어쩌면 그것은……멋진 일일지도 몰라요.

"……어떻게 하면……."

"응?"

저는 목소리를 쥐어짜 내서 말했어요.

"어떻게 하면, 친해질 수 있나요?"

고다 씨는 제 말을 듣고 표정이 환해지더니, 저를 향해 몸을 쑥 내밀었어요.

"역시 후카 양!"

그리고 으음~ 하고 신음을 흘리며 생각에 잠겼어요.

"내 생각에…… 첫 계기는 뭐든 상관없을 거라고 생각해."

"계기는, 뭐든 상관없다고요?"

고다 씨는 고개를 끄덕였어요.

"처음에는 그냥 말만 걸면 돼. 나와 후카 양도 처음에는 그저 미술 선생님과 학생 혹은 도서실 손님과 사서였잖아?"

"그래요……."

처음에는 평범하게 수업을 받았고, 쉬는 시간에는 책을 빌리는 과정에서 사무적인 이야기를 나눴어요. 하지만 어느새, 조금씩 이야기를 나누게 되었고…….

"특별한 계기가 없더라도, 용기를 가지고 말을 걸다 보면 의외로 친구가 생기는 법이야! 같은 인간끼리니까 말이야!"

"예…… 그렇군요!"

같은 인간 끼리. 저는 그 말을 듣고 용기를 얻었어요.

포포루는 종족이 다른데도 열심히 친구를 만들었죠.

그렇다면 저도 분명 할 수 있을 거예요.

왜냐하면 말이라는 것은 때때로 마법 같으니까요.


＊ ＊ ＊


다음날 방과 후.

저는 도전이라는 것을 해보기로 했어요.

포포루가 몇 번이나 거절을 당하고도 포기하지 않았듯이, 저도 어쩌면 찬란한 햇빛이 쏟아지는 공간으로 나갈 수 있을지도 모른다고 생각했어요.

게다가, 고다 씨는 말했어요.

중요한 것은, 용기를 가지고 말을 거는 거라고요.

그래서 저도 포포루처럼, 도전을 해보고 싶다고 생각했어요.


교실에는 여러 그룹으로 나뉘어서 각각의 방법으로 놀고 있는 여자애들이 있었어요.

스마트폰을 이용해서 다 같이 동영상을 촬영하고 있는 그룹.

다양한 표정을 선보이며 친구들과 이야기를 나누고 있는 그룹.

동그랗게 둘러앉아, 주문 같은 말을 읊조리면서 손가락을 이용한 놀이를 하고 있는 그룹.

저는 그중에서 저와 가장 가까운 곳에 있는, 손가락을 이용해 놀고 있는 그룹을 쳐다보았어요.

여자애 네 명이 엄지를 세운 손을 내밀더니, 문제에 대한 대답을 차례대로 말하고 있었어요.

"세산, 타!"

"⋯⋯마에다 아츠코!"

"앗! 맞네!"

그녀들의 목소리는 저의 목소리보다 훨씬 컸고, 그 밝은 목소리는 저를 거절하고 있는 것처럼 느껴졌어요. 마치 목소리라는 형태의 철조망이 쳐져 있는 것 같았으며, 그래서 저는 지금까지 다가가지 못했죠.

하지만 오늘 저는 그 철선의 틈새를 파고들 듯, 슬며시 그녀들에게 다가갔어요. 어쩌면 저 철조망을 친 사람은 저일지도 몰라요.

"……저기."

제가 머뭇머뭇 그녀들에게 다가가서 낮은 목소리로 그렇게 말하자, 저의 근처에 있던 타카야나기 양이 저를 돌아봤어요.

"응~?"

저를 향한 그녀의 눈동자에는 악의가 아니라, 단순한 의문이 어려 있었어요.

왜 이 여자애가 나에게 말을 건 걸까, 하는 느낌의 의문이에요.

"왜 그래?"

"저, 저기, 저도……."

저는 성대가 떨릴 만큼 목소리를 쥐어짜 내서 말했어요.

"저도?"

그리고 떨리는 시선으로…….

"저도, 같이 놀고 싶은데……."

그러자, 그녀들 네 사람은 서로의 얼굴을 쳐다보았어요.

이윽고 그중 한 명인 츠다 양이 입을 열었어요. 츠다 양은 이 그룹의 리더 격인 존재이며, 살짝 치켜 올라간 눈이 인상적인 소녀예요.

"아, 그건 괜찮은데……."

저는 그 말을 듣고, 순수하게 기뻐했어요.

"저, 정말인가요?"

"뭐, 딱히 거절할 이유도 없으니까……."

그리고 츠다 양은 다른 세 사람에게 「안 그래?」 하고 말했어요. 그러자 세 사람은 고개를 끄덕였고, 저는 그대로 그녀들의 놀이에 끼였어요.

의외로 간단히 해냈어요. 먼저 다가가는 것, 먼저 말을 거는 것.

그것이 친구를 만드는 데 있어 중요한 면일지도 몰라요.

"가, 감사해요."

"아, 딱히 감사할 일은 아닌데……."

제가 무심코 그렇게 말하자, 멤버 중 한 명인 미무라 양이 쓴웃음을 지었어요.

그것은 조소라고 할 수는 없지만, 마치 한 걸음 물러선 곳에서 상대를 관찰하고 있는 듯한 뉘앙스의, 그런 웃음이었어요. 아주 약간, 저를 거절하는 듯한 의미가 담겨있는 것처럼 느껴졌어요.

"아, 으음, 죄송해요."

그러자 옆에서 이야기를 듣고 있던 츠다 양이 약간 날카로운 듯한 어조로 말했어요.

"사과 안 해도 되는데……."

"그, 그래요?"

"응."

"아, 알았어요."

그 말에서는 역시 위화감이 느껴졌어요.

제가 말을 할 때마다, 이 자리의 분위기가 식는 듯한 느낌이 들었어요.

마치 제 입에서 드라이아이스로 식힌 차가운 연기가 나와서, 입에서 흘러나오는 말과 함께 이 네 사람의 즐거운 세계를 유린하고 있는 것 같았어요.

그런 느낌이 제 몸을 점점 움츠러들게 만들었어요.

"그런데 룰은 알아?"

미무라 양이 난처한 듯한 어조로 그렇게 말했어요.

"루, 룰, 말인가요?"

"응. 세산 말이야."

"세, 세산?"

제가 되묻자, 미무라 양은 하아 하고 땅이 꺼져라 한숨을 내쉬었어요.

"모르면 같이 할 수 없잖아?"

"그, 그렇죠. 죄송해요……."

"그러니까 사과하지 않아도 된다니까……."

미무라 양은 그렇게 말하면서 저에게서 시선을 뗐어요.

또 한순간 얼음장처럼 차갑고 거북한 침묵이 흘렀어요. 그것을 만들어낸 이는 바로 제가 틀림없었어요.

"어, 어떻게 할래~? 룰 가르쳐줄까?"

타카야나기 양이 주위를 둘러보며 그렇게 말하자, 미무라 양은 놀란 듯한 어조로 입을 열었어요.

"어, 그럴 시간 없지 않아? 30분까지잖아."

"그, 그래."

두 사람이 그렇게 말하자, 츠다 양은 맞아, 하고 말하며 고개를 끄덕였어요.

"으음. ……저기, 키쿠치 양이지?"

"아, 예."

"시간이 없어서 그러는데, 다음에 같이 하지 않을래~?"

그것은 저 때문에 식어버린 공기가 완전히 얼어붙기 전에 다시 데우려는 듯한, 그런 따뜻한 어조로 건넨 말이었어요.

하지만 그 내용은 제가 이 자리에 있는 것을 거부하고 있었죠.

심장 주위가 차가워지는 듯한 느낌이 들었어요.

"그, 그런가요. 죄, 죄송해요."

"그러니까 사과하지 않아도 된다니까 그러네."

미무라 양이 어이없다는 투로 그렇게 말하더니, 미간을 찌푸리며 저를 쳐다보았어요.

"그것보다—— 왜 존댓말을 쓰는 거야?"

"으, 으음……."

제가 대답을 못하자, 미무라 양은 더 따지지 않으며 말을 이었어요.

"아, 됐어! 그럼 잘 가!"

그 작별의 말은 밝았어요.

그것은 무의식적으로 분위기를 차갑게 만든 저에게 주는, 명확한 레드카드였죠.

"……아, 예. 그럼 실례할게요."

저는 그 말에 따라 그 자리를 벗어날 수밖에 없었어요.

좁은 보폭으로 그녀들에게서 멀어져 가고 있는 제 등은, 분명 비참하기 그지없을 거예요.

저의 소소한 챌린지는, 허무하게 실패로 끝나고 말았어요.

**\* \* \***

"미, 미안해."

방과 후, 도서실.

제가 교실에서 있었던 일을 설명하자, 고다 씨는 미안하다는 듯이 고개를 숙였어요.

"아, 아뇨……. 고다 씨는 아무 잘못 없어요."

"하지만 무리를 할 계기를 만든 거나 다름없잖아."

고다 씨가 평소보다 낮은 목소리로 그렇게 말하자, 저야말로 죄송하다는 느낌을 받았어요.

하지만 저는 그렇게 여자애들과 이야기를 나눠본 것을, 후회하고 있지 않아요.

왜냐하면, 그것을 통해 새로운 발견을 했으니까요.

"무리 같은 건 안 했어요."

"그, 그래?"

"예. 왜냐하면 저는 도전해보기 잘했다고 생각하니까요."

고다 씨는 제 말을 듣고 뜻밖이라는 듯이 눈을 동그랗게 떴어요.

"그래?"

저는 그 경험을 통해 느낀 것을, 고다 씨에게 알려주기로 했어요.

"──『포포루』에는, 숲의 호수에 사는 염인(炎人)이 나와요."

"으, 으음. 염인?"

제가 느닷없이 이야기를 시작하자, 고다 씨는 또 영문을 모르겠다는 듯이 눈을 동그랗게 떴어요.

"예. 불꽃 인간이라는 의미의, 염인이에요."

"아, 그렇구나. 응."

고다 씨는 몸을 앞으로 기울이며 제 이야기에 귀를 기울여줬어요.

저는 교실에서 있었던 일을 떠올리면서, 이야기를 이어나갔죠.

"분명 저는 포포루가 아니라…… 염인인 거예요."

"……그게 무슨 소리야?"

고다 씨는 불안한 표정으로 저를 쳐다봤어요.

"저는 그 책을 읽고, 마음이 움직여서…… 어쩌면 저도 포포루처럼, 다른 사람들이 받아들여줄지도 모른다고 생각했어요."

"응. 그래. 나도 그렇게 생각했어. 아니, 그렇게 생각해."

고다 씨의 표정은 진지했어요.

"하지만, 그렇지 않았어요. ……포포루는 다른 이들과 생김새는 다르지만, 그들에게 도움이 될 수 있는 힘을 지녔어요. 포포루는 종족이 다르지만, 남들과 친해지기 위한 공통언어, 그리고 전승을 알고 있었죠."

"그래."

"그래서 여러 종족 사람들과 조금씩 친해질 수 있었어요. 하지만……."

저는 호흡을 가다듬은 후, 말을 이었어요.

"그중에는, 모두와 친구가 되지 못한 종족이 있어요."

"친구가 되지 못했어?"

저는 고개를 끄덕였어요.

"그게 바로 염인이에요. 염인은 몸이 뜨거워서…… 생물이나 나무에 너무 다가갔다간 불태워버리고 말아요."

"……아."

"자신의 체온을 내려야만 살아갈 수 있어서, 호수 밖으로는 절대 나갈 수 없죠. 그러지 않았다간 숲이 통째로 불타버리고 말아요. 그래서 포포루나 다른 이들과도 가까워지지 못했어요."

"응. 그랬구나."

고다 씨는 몇 번이나 고개를 끄덕였어요.

"하지만, 그것은 슬픈 일이 아니에요. 호수 안에는 호수 안의 사회가 존재하죠. 맛있는 음식도 있고, 즐거운 학교도 있으며, 멋진 연극도 볼 수 있어요."

"아하~. 사는 곳이 다른 거구나."

저는 고개를 끄덕였어요.

"예. 사람과 엘프나 포포루가 호수에서 살 수 없듯이, 염인은 지상에서 살 수 없어요. 『포포루』는 이형의 주인공이 동료를 늘려가는 이야기지만…… 모든 이들과 친구가 되기만 하면 되는 이야기도 아니에요."

고다 씨는 제 말을 듣더니, 감탄했어요.

"그렇구나. 『포포루』는 현실적인 이야기네."

"예. 그러니 그 세계에는 그 세계에 걸맞은 이상적인 모습이 존재한다고 생각해요……."

그리고, 그것이 제가 이 책에서 배운 중요한 것이에요.

"분명 그것과 마찬가지로, 이 세계에도 살 곳이 분류되어 있어요. 그리고 저와 다른 이들은 사는 곳이 다르다는…… 그런 생각이 들었어요."

"아…… 그렇구나."

그리고 다시 생각이 났어요.

오늘 점심시간. 제가 그저 말을 하기만 했을 뿐인데, 불가사의하게도 공기가 차가워지는 그 감각…….

그것은 저와 그녀들이 사는 세계가 공존할 수 없기 때문이라고 생각해요.

의도한 것은 아니지만, 저라는 존재 자체가 그녀들을 얼려버린 거죠.

분명, 그녀들과 저는 온도 자체가 다른 거예요.

"뭐, 저는 염인이라기보다…… 설녀, 라고 생각해요."

저는 예전부터, 같은 말을 쓰고 있는데도 주파수가 다른 느낌을 받았어요.

분명 다른 건 말의 주파수가 아니라, 온도예요.

위화감의 정체가 어디에 있는지 깨닫고, 저는 납득했어요.

"뭐~, 확실히 그럴지도 몰라. ……역시『포포루』는 꽤 어른스러운 이야기네."

"어른스럽다고요?"

고다 씨는 고개를 끄덕였어요.

"그야 어른이 되면 알게 되거든. 다들 친구, 같은 듣기 좋은 말 같은 건 존재하지 않아. 어느 정도 영역이 구분할 필요가 있고, 그러는 편이 여러모로 나을 거야."

"그런가요……."

"하지만, 그렇다면……."

그리고 고다 씨는 약간 장난기 섞인 어조로 이렇게 말했어요.

"나와 후카 양은 어때? 친구가 될 수 없을까?"

"……아."

저는 그 말을 듣고 놀랐어요.

왜냐하면, 생각해본 적도 없었으니까요.

"저와, 고다 씨가, 친구……."

"어, 아닌 거야? 나는 그렇게 생각했는데 말이야."

"으, 으음…… 글쎄요."

저는 여러모로 진지하게 생각해봤어요.

"저와 고다 씨는 나이 차이도 많이 나는데……."

"그건 딱히 상관없지 않아?"

고다 씨는 당연하다는 듯이 그렇게 말했어요.

"으음, 하지만 선생과 제자 사이니까……."

"그건 어디까지나 입장에 지나지 않잖아?"

저도 그 말에는 납득했어요.

"게, 게다가…… 성격이나 취향이 다르잖아요……."

"윽, 방금 그 말은 꽤 대미지가 크네."

고다 씨는 그렇게 말하며 가슴을 움켜잡더니, 안타까워하는 듯한 표정을 지었어요.

"죄, 죄송해요."

제가 허둥대며 사과하자, 고다 씨는 왠지 기쁜 듯한 어조로 말을 이었어요.

"뭐~, 후카 양이 하고 싶은 말이 뭔지는 알겠어! ……하지만, 내가 하고 싶은 말이 뭔지도 알겠지?"

그리고 고다 씨는 도서실 전체를 둘러보았어요.

그것은 이 공간 전체를 향한 사랑이 담긴 시선이었어요. 그리고 그 시선은 곧 저를 감싸 안았죠.

"만약 또 실패를 하거나, 괴로운 일을 겪더라도——

이곳은 후카 양에게 있어 **숲속의 호수야**, 라는 말이야."

도서실의 차분한 분위기, 그리고 기분 좋게 시원한 온도와, 저를 포근히 감싸 안아주는 목소리…….

그것들은 온몸으로 느낀 순간, 제 몸에서는 힘이 쑥 빠져나갔어요.

"……고마워요."

"응!"

그렇게 말하며 환하게 웃고 있는 고다 씨의 미소는 정말 환했어요. 그것은 설녀인 저조차도 기분 좋게 느낄 만한 훈훈한 햇살 같았죠.

만약 제가 포포루와 함께 바다로 가라앉는 저녁 해를 봤다면, 이 미소처럼 따뜻한 빛이라는 비유로 그것을 설명했을 거라는 생각이 들었어요.

＊＊＊

그리고 얼마 후…….

제가 중학교를 졸업하는 날이 찾아왔어요.

졸업증서를 받고, 마지막 성적표를 받은 후, 친구와 작별 인사를 나누고 있는 클래스메이트들을 쳐다봤어요.

저도 친구라고 부를 만큼 가까운 이는 없지만, 남들과 완전히 벽을 쌓고 살지는 않았어요. 그래서 자리가 가까웠던 여자애들과 인사를 나눴죠.

"그럼 잘 가, 후카 양."

"예. 또 어딘가에서 만나게 되기를 빌게요."

"응~!"

작별과 아쉬움으로 가득 찬 반 안의 분위기는 평소의 시끌벅적함과 달랐으며, 차분하게 흔들리고 있었어요.

한편, 저는 마지막으로 만나서 이야기를 나누고 싶은 사람이 있었어요.

교실을 빠져나간 저는 점점 봄 느낌이 나는 햇살이 쏟아지는 복도를 가로지른 후, 교무실에 도착했어요. 문에 노크를 하고 안으로 들어간 저는 교무실 안을 둘러보았다.

"어, 키쿠치. 무슨 일이지?"

국어를 담당하는 모토무라 선생님이 저에게 가벼운 어조로 말을 건넸어요.

"으음…… 오다 씨…… 오다 선생님은 어디 계신가요?"

저는 오다 씨라고 말을 하려다, 호칭을 바꿨어요.

"으음, 오다 말이구나. ……그러고 보니 아까 어딘가에 가던데 말이야."

"어딘가……."

제가 그렇게 중얼거리자, 모토무라 선생님은 턱의 수염을 매만지면서 입술을 살짝 내밀었어요.

"오다는 때때로 사라지거든. 어떻게 할래? 여기서 기다리겠니?"

"아, 으음……."

잠시 망설이던 제 머릿속을 어떤 생각이 스치고 지나갔어요. 그것은 소망에 가까운 직감이지만, 왠지 그 생각이 맞을 듯한 느낌이 들었어요.

"괜찮아요. 찾아본 후에 다시 올게요."

"그래? 졸업 축하한다~. 키쿠치."

"예. 감사합니다."

저는 그렇게 말하며 인사를 한 후, 교무실을 나섰어요.

그리고 제가 향한 곳은── 도서실이었어요.

"여기에……."

계시면 좋겠네, 라는 건 저 혼자만의 소망일까요. 하지만 저는 이곳에 올 수밖에 없었어요.

"……실례합니다."

그렇게 말하며 안에 들어가 보니…….

"……후카 양?!"

도서실의 사서 자리에 앉아 있는 고다 씨의 모습이 눈에 들어왔어요.

"아…… 안녕하세요."

제가 그렇게 말하자, 고다 씨는 눈을 깜빡였어요.

"안녕…… 잠깐, 왜 여기에 온 거야? 오늘은 졸업식 날이잖아?"

"으음……."

고다 씨가 약간 놀란 듯한 목소리로 그렇게 말하자, 저는 솔직하게 이유를 말했어요.

"고다 씨가 여기 계실 것…… 같아서요."

고다 씨는 제 말을 듣더니, 눈을 반짝이며 저를 쳐다보았어요.

"……정말이야?! 후카 양은 역시 귀엽네!"

"그, 그렇지는……."

그리고 순식간에 주도권을 쥔 고다 씨는 저를 향해 손짓을 했어요.

저는 평소와 마찬가지로 차분한 발걸음으로 작별의 분위기라 흐르고 있는 도서실을 가로지른 후, 고다 씨의 옆자리에 앉았어요.

"아, 맞다."

고다 씨는 빙긋 웃었다.

"내가 여기에 있었던 건 말이지?"

"……여기에 있었던 건?"

제가 되묻듯 그렇게 중얼거리자, 오다 씨는 테이블에 놓인 책을 손가락으로 가리키셨어요.

"짜잔~!"

"이건……."

그 책은 바로 『맹금류의 섬과 포포루』. 하지만, 왜 그게 오다 씨의 앞에 놓여있는 걸까요.

"후카 양이 말했지?"

"예?"

오다 씨는 고개를 끄덕였어요.

"성격이나 취향이 다르다고 말이야."

"아……."

그건 오다 씨가 저에게 「친구가 될 수 없을까?」 하고 물었을 때 했던 말이에요.

"연령이나 입장 같은 건 상관없다고 생각하지만, 성격과 취향이 다르다는 말에는 납득했거든."

"……예."

"그래서 말이지? 이걸 조금씩 읽어봤어! 그랬더니 정말 재미있지 뭐야!"

"어……."

그리고, 고다 씨는 장난기 섞인 미소를 지었어요.

"어때? 이제 친구가 될 수 있지 않겠어?"

저는 그 말을 듣고 마음속에서 열기가 끌어 올랐지만, 그와 함께 허탈한 웃음도 새어나왔어요.

분명 저는 기뻐하고 있는 거예요.

"고다 씨는…… 어른스러운지, 어린애 같은 건지 모르겠어요."

"어? 그게 무슨 뜻이야?"

고다 씨는 약간 삐친 듯한 어조로 그렇게 말했지만, 저는 그런 고다 씨의 모습조차 사랑스러웠어요.

"아, 그게…… 기뻐요."

저는 이 책의 표지를 만져보면서, 고다 씨에게 저의 솔직한 마음을 전했어요.

"후후. 다행이야."

그리고 고다 씨는 어른스러운 미소를 머금더니…….

제 머리를 쓰다듬어줬어요.

"후카 양. 졸업 축하해."

저는 태어나서 처음으로 생긴 어른 친구에게 졸업을 축하받았어요.

"예. ……감사해요."

……저는 언제부터 이렇게 울보가 된 걸까요.

고다 씨의 여성스럽고 가는 손가락의 온기가 느껴지자, 저는 또 눈물이 흘러내렸어요.


＊＊＊


그리고, 몇 주 후…….

저는 고등학교 1학년이 되었어요.

학교가 바뀌자 인간관계가 완전히 리셋되었으며, 애초부터 친구가 적었던 저는 반의 분위기에 잘 녹아들지 못했

어요.

하지만, 이야기를 나눌 상대가 전혀 없는 건 아니에요. 저와 온도가 크게 다르지 않은, 그런 조용한 여자애들과 이야기를 나누게 되었어요.

하지만 저는 그 애들을 『친구』라고 불러도 되는지, 자신을 가질 수가 없었어요.

적어도, 포포루가 고생 끝에 발견한, 자부심을 가지며 동료라고 말할 수 있는 그런 눈부신 관계가 되지는 못했다고 생각해요.

그리고 이 학교에는 고다 씨가 있는 도서실이 없어요.

저는 반 안의 쌀쌀함에서 도망치듯 이 학교의 도서실에 갔지만, 그곳에 펼쳐져 있는 건 저 혼자만의 공간이에요. 수많은 세계가 펼쳐져 있다는 점이, 도리어 저를 더 쓸쓸하게 만들고 있는 듯한 느낌마저 들었어요.

중학생 때, 고다 씨와 이야기를 나누기 전의 저는 혼자만의 공간을 찾았고, 또한 그런 공간이 있다는 사실만으로 만족했어요. 하지만 지금은 그런 저 자신을 받아줄 **친구**가 없다는 게 왠지 쓸쓸하게 느껴져요.

분명 그것은 덮고 있던 모포를 빼앗겼을 때 느끼는 찰나적이고 차가운 감각이에요.

따뜻한 공간에 불어 들어온 서늘하고 메마른 바람……

저는 그것을 느끼며, 감정적으로 되고 말았어요.

바로 그럴 때, 저는 도서실에서 또 하나의 만남을 가졌
어요.

* * *

"……아."
2학년이 된 직후의 4월.
제가 이동 교실 전의 쉬는 시간에 도서실에 가보니, 그
곳에는 저보다 먼저 와있던 이가 있었어요.
제 기억이 정확하다면, 저 사람은 저와 같은 반인 남자
애예요.
그 남자애는 혼자서 독서를 하고 있었어요.
제 마음속에서 무언가가 술렁거렸어요.
이 짧은 쉬는 시간에 일부러 도서실에 와서 책을 읽고
있는 남자애. 그것만으로 저는 동료의식을 느낀 거겠죠.

하지만── 그게 전부가 아니었어요.

"……아."
그 남자애가 읽고 있던 소설은…….

제가 소중한 것을 배웠던, 그리고 고다 씨라는『친구』가
생기는 계기가 됐던── 마이클 앤디가 쓴 바로 그 작품이

었어요.

그 후, 저는 저도 모르는 사이에 쉬는 시간에 도서실에 가는 것을 즐거워하게 됐어요.

그곳에는 고다 씨가 없어요. 하지만 저와 마찬가지로 마이클 앤디를 좋아하는 동료가 있어요.

아직 이야기를 나눠본 적이 없지만, 그래도 마음이 맞는 동지가 있다는 느낌을 받았어요.

책의 숫자만큼의 세계가 펼쳐져 있는, 조용한 공간 속……

저는 왠지 외톨이가 아니라는 느낌을 받았어요.

만약 이야기를 나누게 된다면, 서로의 마음속 깊은 곳까지 소통할 수 있을 거라는 생각마저 들었어요.

어떻게 하면 좋을까요.

제가 먼저 말을 걸어서, 앤디 작품에 대해서 이야기를 해볼까요.

어쩌면 저는 그때 클래스메이트들과 가까워지지 못했지만, 이 남자애와는 친해질 수 있을지도 몰라요.

그래요.
포포루에게 처음으로 생긴 동료…….

그 동료는—— 포포루와 같은 전승을 좋아하는 이였어요.

그렇다면, 저도 같은 작가의 작품을 좋아하는 저 남자애와 친해질 수 있을지도 몰라요.

도서실에 존재하는 수많은 세계 중에서, 저와 같은 세계를 공유할 수 있을지도 몰라요.

왜냐하면, 포포루도 그런 식으로 친구를 만들었으니까요.

저는 자기 자신을 염인이라고, 설녀라고 생각했어요.
하지만 지금이라면 —— 포포루가 될 수 있을지도 몰라요.

이 잿빛 경치를 바꿀 무언가를, 발견할 수 있을지도 몰라요.

저는 서서히, 진심으로 그렇게 생각하게 되었어요.

"……응. 좋아."

그리고 그로부터 두 달 후…….
이 도서실에서, 다시 한번 용기를 쥐어짜…….
그 남자애의 이름을, 입에 담아봤어요.

—— 토모자키 군, 이라는 이름을 말이에요.

The Low Tier Character
"TOMOZAKI-kun";

5

일기장
2학년/5월~

5월 3일

세키토모 고등학교에 입학하고 1년이 흘렀어요.

저는 2학년이 되었어요.

고등학교에 입학하고 가끔씩 쓴 이 일기도, 두 권째에 접어들었어요.

저는 이 문장을, 다른 누군가에게 보여주려고 쓰고 있는 걸까요.

미래의 자신에게 보여주려는 걸까요.

아니면 그저 문장을 쓰는 연습을 하고 있는 걸까요.

혹은 ——— 『친구』에게 이야기하고 싶은 것을,

여기에 쓰고 있는 걸까요.

그건 아직, 저도 모르겠어요.

오늘도 학교에서는 평소와 마찬가지로 아무 일도 없었어요.

**6월 7일**

오늘은 정말 좋은 일이 있었어요.

학교에서 돌아가는 길에 들렀던 서점에서, 아직 못 샀던 앤디 작품을

발견한 거예요.


그건 좀 오래된 단편집인데, 제가 이미 가지고 있는 단편집과 겹치는

단편도 있기는 해요. 하지만 무엇보다 표지의 디자인이 정말 멋져요.

고다 씨에게 보여주고 싶다는 생각이 들 정도예요.


아, 맞다. 오늘, 같은 반이자 도서실에서 자주 마주쳤던 토모자키 군과

이야기를 나눴어요.

뭐, 우연히 그렇게 되었을 뿐이지만요.

앞자리인 이즈미 양이 저에게 말을 걸었고, 어쩌다 보니 제 티슈를 토

모자키 군에게 건네줬어요.

갑작스러워서 제대로 이야기를 나누지 못했지만, 왠지 긴장이 됐어요.

앤디 작품에 관해, 물어볼 걸 그랬네요.

하지만, 긴장이 되어서 물어보지 못했어요.


토모자키 군, 이가 시린 건 좀 괜찮아졌을까요.

## 6월 11일

오늘도 정말 놀랄 일이 있었어요.

제가 아르바이트를 하고 있는 햄버그 가게에 토모자키 군이 온 거예요.

그것도 같은 반은 하나미 양과 함께 말이에요.

토모자키 군이 친구와 같이 있는 모습은 거의 못 봤는데, 왠지 요즘은

좀 달라진 것 같아요.

저는 그게 좀 의외였어요.


그건 마치 염인이 인간과 친해지는 것 같았어요.

제 눈에는 정말 불가사의해 보였어요.

토모자키 군은 포포루인 걸까요.

아니면 염인도, 설녀도,

인간과 친해질 수 있는 걸까요.

답은 모르겠어요.

하지만, 그렇기 때문에 생각을 해봐야겠어요.


제 머릿속에 포포루의 등장인물들이 떠오르더니

제멋대로 클래스메이트들과 연결되었어요

역시 포포루는 정말 멋진 작품이에요.

**6월 17일**

오늘은 토모자키 군과 처음으로 이야기를 제대로 나눠봤어요!

도서실에서, 용기를 내 말을 걸어봤어요!

가슴이 너무 뛴 나머지, 이상한 소리를 한 것 같은 느낌도 들어요.

그래도 저도 앤디 작품을 좋아한다는 걸 전한 게, 정말 기뻐요.


그리고…… 무심결에 그것도 이야기해버린 게, 지금 생각해보니

조금 부끄러워요.

그것에 관한 건 이 일기에도 적지 않았는데 말이에요.


저는 지금, 소설을 쓰고 있어요.

언젠가, 앤디 작품을 좋아하는 친구가 읽어주면 좋겠다고 생각하며,

제가 쓴 소설이에요.

토모자키 군이 만약 제 소설을 읽는다면,

어떤 감상을 말해줄까요.

그런 생각만 해도, 마음이 뒤숭숭해지면서도

그와 동시에 둥실둥실 떠오르는 듯한, 그런 불가사의한 느낌이 들어요.


토모자키 군에게 말을 걸기, 참 잘했어요.

The Low Tier Character
"TOMOZAKI-kun";

약
캐
톰
모
자
기
군

6 추운 아침, 역앞에서

2학기 후반. 문화제 준비 기간의 휴일. 이즈미 유즈는 고민에 잠겨 있었다.

"요즘 좀 이상해!"

　스타벅스의 캐러멜 프라푸치노를 홀짝이면서, 맞은편에 앉은 카와구치 무츠미에게 자신의 감정을 털어놨다.

"에이~, 그냥 권태기 아닐까?"

"으......"

　카와구치가 남 일이라는 듯이 그렇게 말하자, 이즈미는 입술을 쭉 내밀었다. 꽤 벌어진 셔츠 앞섶 사이로는 터키석이 달린 목걸이가 보였다.

"지금은 좀 참아야 할 시기 아닐까?"

"아직 사귀기 시작하고 반년도 안 됐거든?! 오늘도 같이 놀자고 말했는데, 바쁘다면서 거절당했단 말이야......."

　이즈미는 그렇게 말하더니, 하아 하고 한숨을 내쉬었다.

　그녀의 고민거리. 그것은 애인인 나카무라 슈지가 요즘 들어 자신과 같이 놀아주지 않는다는 것이다.

"뭐, 슈지 군은 쉽게 질리는 성격 같으니까 어쩔 수 없지 않을까?"

"그, 그런 소리 하지 마....... 불안해진단 말이야......."

　이즈미가 애절한 목소리로 그렇게 말하자, 카와구치는 미간을 찌푸렸다.

"으음~, 그래도 바람을 피우는 건 아닐 거야."

"그만해....... 질렸니, 바람피우니 같은 소리 하지 마."

카와구치는 웃음을 터뜨렸다.

"아하하, 그건 또 무슨 소리야. 슈지 군이 그럴 것 같지 않다는 뜻으로 한 말이거든?"

"그런 소리 자체를 듣고 싶지 않단 말이야~!"

이즈미는 그렇게 말하며 테이블에 넙죽 엎드렸다.

"하아. 알았다, 알았어. 제가 잘못했어요~."

"정말~! 진지하게 고민 좀 해달란 말이야~!"

이즈미가 필사적으로 항의를 하는데도 카와구치는 들은 척도 하지 않았으며, 그 점이 그녀를 불안하게 말했다.

사실 최근 들어 이즈미와 나카무라가 같이 노는 빈도는 급감했다. 이즈미가 같이 놀자고 말해도, 나카무라는 「바빠」,「볼일이 있어」 하고 말하며 어울려주지 않았다. 그리고 그 점이 이즈미의 마음을 불안하게 만들었다. 그래서 제대로 이야기를 나눠보고 싶어서 말을 꺼내 봤지만 또 거절을 당한 바람에, 더욱 불안해졌다. 이런 나쁜 악순환이 반복되고 있는 것이다.

"뭐~ 동성 친구들과 노는 걸지도 몰라."

"으음…… 그럴까."

"내 알 바는 아니지만 말이야."

"정말~!"

이즈미는 표정을 쉴 새 없이 바꾸며 언성을 높였다.

"유즈는 참 재미있네~."

"하~나~도~ 재미있지 않거든?!"

하지만 남들이 보기에 이즈미가 지나치게 걱정하고 있는 것처럼 보였으며, 아직 아무도 심각하게 여기지 않았다.

\* \* \*

하지만 사태는 어떤 일을 계기로 크게 변했다.

"저기. ……유즈, 들었어?"

"응?"

조례 전의 교실.

방금 그 말을 듣고 이즈미가 고개를 돌려보니, 평소보다 진지한 표정을 짓고 있는 카와구치의 얼굴이 눈에 들어왔다.

"왜, 왜 그래?"

이즈미는 그런 카와구치의 표정을 보고 불안을 느꼈다. 한편, 카와구치는 목소리의 톤을 낮추면서 이즈미에게만 들릴 목소리로 이렇게 말했다.

"누가, 봤대."

"뭐, 뭘 말이야?"

"으음…… 슈지 군이…….."

거기까지 들은 순간, 이즈미는 가슴이 격렬하게 뛰었다.

"슈, 슈지?"

진짜로 나카무라에게 무슨 일이 있는 건 아닌지 고민하고 있을 때, 카와구치가 그의 이름을 언급했다. 그러자 이즈미의 머릿속에는 불길한 예감이 스쳤다. 제발 별것 아닌 일이기를, 이즈미는 마음속으로 바랐다.

하지만 카와구치는 진지한 표정을 유지한 채, 이렇게 말했다.

"슈지 군이—— 다른 여자애와, 단둘이 있는 모습을 말이야."

"뭐……."

자신의 마음에 조그마한 구멍이 생기는 게 느껴졌다. 표정에서도 힘이 쭉 빠졌고, 방금 그 말을 어떻게 받아들여야 할지 몰라 혼란에 빠졌다.

"두, 둘이서 말이야?"

"응."

하지만 아직은 알 수 없다. 자신이 두려워하던 사태가 벌어진 것인지, 아직 판단을 내릴 수는 없는 것이다.

이즈미는 가능한 한 평정심을 유지하려고 노력하면서, 카와구치에게 확인 삼아 질문을 던졌다.

"어, 언제야?"

"지난 일요일이야."

"그날은……."

일요일. 이즈미가 나카무라에게 같이 놀자고 했다가 거절을 당했고, 카와구치에게 푸념을 늘어놓았던 바로 그날이다.

그때 나카무라는 다른 여자애와 만나고 있었던 것이다.

"⋯⋯어디서 봤대?"

"으음, 옆 반인 마오가 레이크타운에서 봤다는 것 같아."

"⋯⋯그렇구나."

이즈미의 마음속에 먹구름이 드리워졌다. 코시가야 레이크타운. 학생들이 휴일 데이트 장소로 흔히 이용하는, 대형 쇼핑몰이다.

"잘못 본 건 아니지?"

"응⋯⋯. 그럴 거야. 가까운 데서 똑똑히 봤다고 말했어."

"그랬, 구나."

"닮은 사람일지도 모르지만⋯⋯."

"응, 그래. 알았어. 고마워."

이즈미는 숨이 막혔다. 명치를 볼링공으로 강타당한 듯한, 그런 묵직한 불쾌감이 그녀를 엄습했다.

카와구치는 걱정스러운 눈길로 그녀의 얼굴을 쳐다보며 물었다.

"⋯⋯어떻게 할 거야?"

"으음⋯⋯."

이즈미는 망설였다.

이 말을 듣고, 자신이 어떻게 하면 좋을까.

나카무라에게 직접 물어보는 것도 어엿한 방법일 것이다.

일요일에 뭘 했는지 물어보고, 증거사진 같은 거라도 볼 수 있다면, 사람을 잘못 본 것이라는 게 판명되리라.

혹은 레이크타운에 간 게 사실일지라도 그 여자는 평범한 친구이며, 여러 명이 함께 놀러 갔는데 우연히 단둘이 있게 됐던 것이다. 같은 상황일 가능성도 있다. 설령 단둘이서 놀았다고 해도, 애인이 있으면서 그러는 건 좀 그럴지도 모르지만 그래도 솔직하게 이야기만 해준다면 괜찮다고 이즈미는 생각했다. 물론 감정적으로는 좀 그렇지만, 나카무라를 속박하고 싶지는 않았다.

"나는……."

하지만, 이즈미가 망설이고 있는 건 나카무라 본인에게 물어봐도 되냐는 점이다.

일부러 확인한다는 것 자체가 그를 의심한다는 의미이며, 연인 사이라고 해서 같이 있지 않을 때 뭘 하는지 하나하나 캐묻는 것도 상대를 속박하는 것 같아서 좀 그랬다.

서로를 의심하지 않고, 솔직하게 믿을 수 있는 커플.

이즈미는 나카무라와 그런 관계가 되고 싶었다.

"……조금만 더, 믿어볼래."

"응……. 알았어."

이즈미 본인이 그렇게 말하자, 카와구치도 더는 아무 말도 하지 않았다.

이즈미는 마음속에 생겨난 의심의 씨앗을 옆으로 밀쳐둔 후, 평소와 다름없는 학교생활을 이어갔다.

＊＊＊

"……하아."

다음 휴일. 이즈미는 며칠 전에 나카무라와 LINE의 채팅방에서 나눴던 이야기를 보면서 한숨을 내쉬었다.

『다음 토요일은 시간 좀 비어있어?』
『그날도 약속이 있어.』
『그렇구나!
응!』

이것으로 휴일에 같이 놀자는 제안을 했다가 세 번 연속으로 거절을 당했다.

예전에는 주말에 하루 정도는 시간을 비워서 같이 놀았고, 공휴일에도 함께 외출하기도 했다. 그런데 요즘 들어 느닷없이 이런 상황이 벌어지고 있었다.

가장 두려워하던 사태가 벌어진 것인지, 판단이 서지 않았다. 게다가, 왜 이렇게 된 건지도 감이 오지 않았다.

이즈미는 베개에 얼굴을 묻은 채, 마음속의 응어리를 뱉어내듯 한숨을 토했다. 베개에 튕겨나서 되돌아온 뜨뜻미지근한 공기가 이즈미의 볼에 닿았다.

"……준비해야지."

그리고 이즈미는 샤워를 한 후, 어깨가 드러나는 두꺼운 니트, 그리고 회색 체크무늬 타이트스커트를 입은 후, 화장을 했다.

코트를 걸친 이즈미는 현관에서 검은색 롱부츠를 신은 후, 역을 향해 걸어갔다.


이즈미는 전철을 타고, 오미야 역에 도착했다.

"야호."

"야호야호~."

"헬로헬로~."

오미야 동쪽 출입구. 이즈미는 약속장소인 『다람쥐 토토』 동상 앞에 가보니, 먼저 와있던 카와구치, 카미마에 마오가 인사를 건넸다. 그리고 몇 분 후에 콘노 에리카도 합류한 후, 네 사람은 서쪽 출구에 있는 아르셰로 향했다.

"오늘 좀 춥지 않아?"

"맞아."

카와구치가 동의를 하자, 콘노는 손을 비볐다.

"좀 더 두꺼운 스타킹을 신을 걸 그랬네~."

네 사람은 그런 별것 대화를 나누면서 아르셰로 걸어갔다. 이즈미는 불안으로부터 눈을 돌리려는 듯이 대화에 집중했지만, 마음 한편으로는 나카무라를 계속 신경 쓰고 있었다.

\* \* \*

"아, 이거 귀엽네!"

"저기, 유즈. 전에도 비슷한 걸 산 적 있지 않아?"

"어, 그래? 어떤 것 말이야?"

"검은색에 폭신폭신한 거 말이야."

이즈미와 카미마에가 상품을 골라보면서 그런 이야기를 나눴다.

"에이~! 그것과 이건 완전히 달라~! 그건 폭신폭신하지만, 이건 복슬복슬하거든."

"나, 나는 잘 모르겠는데……."

이즈미가 미묘하기 그지없는 차이에 집착하자, 카미마에는 난처한 듯한 눈길로 그녀를 쳐다보았다.

"유즈~, 이쪽으로 좀 와봐."

"응~?"

콘노가 이즈미를 불렀다. 검은색 라이더재킷을 입고 거울 앞에선 그녀는 이즈미 쪽을 쳐다보았다.

이즈미가 다가가자, 콘노는 자신의 온몸을 보여주려는 듯이 몸을 비틀면서 물었다.

"어떻게 생각해?"

가벼운 톤으로 한 말이지만, 일부러 불러서 의견을 구하는 것을 보면, 콘노는 이즈미의 패션 안목을 신용하고 있는 것이리라. 이즈미는 그게 기뻤기에, 콘노가 입은 라이

더재킷을 살펴보았다.

몸에 약간 달라붙는 느낌의 그 인조가죽 라이더재킷은 콘노의 몸에 딱 맞았으며, 그녀의 날씬한 몸매를 더욱 돋보이게 해줬다.

"엄청 잘 어울려! ……하지만……."

"하지만?"

"에리카는 몸매가 좋으니까, 옷자락이 좀 더 짧은 게 더 어울릴 것 같아."

콘노는 그 말을 듣더니, 납득한 것처럼 고개를 끄덕였다.

"아~, 그럴지도 몰라. 땡큐."

짤막하게 대답한 콘노는 재킷을 벗어서 원래 위치에 두더니, 다시 옷을 물색하기 시작했다. 이즈미는 솔직한 건지 솔직하지 못한 건지 분간이 안 되는 콘노의 이런 면을 좋아했다.

바로 그때, 이즈미의 눈에 어떤 재킷이 들어왔다.

"아, 에리카. 이건 어때?"

"으음, 한 번 입어볼게."

"응."

그런 식으로, 이즈미는 평소처럼 친구들과 함께 쇼핑을 즐기고 있는 것 같지만, 그녀의 마음속에서는 불안이 샘솟고 있었다.

지금, 이 순간, 나카무라는 뭘 하고 있을지를 생각하면서…….

\* \* \*

 네 사람은 아르셰에 있는 가게를 차례차례 둘러보며 쇼핑을 마친 후, 또 하나의 목적을 달성하기 위해 유명 팬케이크점으로 이동했다. 하라주쿠와 시부야에도 가게가 있는 이 인기 가게는, 입에서 녹는 듯한 식감을 지닌 팬케이크로 유명했다.

 자리에 앉아서 주문을 마치고 잠시 기다리자, 네 사람의 눈앞에는 수플레를 연상케 하는 질감을 지닌 팬케이크가 네 개 놓였다.

 그 중량감과 아름다운 형태를 본 카미마에가 환성을 질렀다.

 "와아! 끝내주네."

 카미마에는 그렇게 말하더니, 다양한 각도에서 사진을 찍기 시작했다.

 "진짜 맛있을 것 같기는 하네."

 "동감~."

 다른 세 사람도 자신의 팬케이크를 촬영하며, 서로의 사진을 비교했다. 팬케이크를 앞에 두고 여고생 네 명이 스마트폰을 들고 있는 광경은 요즘 들어 진풍경이라 할 정도는 아니었으며, 주위에는 그런 단체가 몇 팀이나 더 있었다.

 "우와~. 유즈, 진짜 잘 찍었네."

콘노가 감탄한 듯한 어조로 그렇게 말했다.

"그렇지~?"

"유즈는 사진 하나는 참 잘 찍는다니깐."

"사진만 잘 찍는다는 말처럼 들리거든?!"

콘노와 이즈미는 즐겁게 이야기를 나눴다. 옆에 있던 카와구치는 이즈미의 핸드폰 화면을 보면서 말했다.

"어~ 진짜로 잘 찍었네! 아! 나중에 보내줘!"

"오케이~!"

그런 식으로 촬영회를 마친 후, 그녀들은 시식을 시작했다.

"잘 먹겠습니다~."

이즈미는 그렇게 말하며 다른 그릇에 담겨있던 메이플시럽을 붓자, 사탕빛깔을 띤 액체가 팬케이크와 접시를 촉촉이 적셨다. 메이플시럽이 남긴 궤적이 팬케이크의 부드러운 식감을 더욱 강조시켰다.

시럽을 뿌리기 전과는 또 다른 느낌의 보석상자 같은 광경이었기에, 네 사람은 황홀한 표정으로 그런 팬케이크를 쳐다보았다.

"아, 맞다. 이것도 찍어야지."

콘노가 무심코 그렇게 말했다.

"맞아!"

"나도 같은 생각을 했어!"

그렇게, 또 팬케이크 촬영회가 시작됐다.

＊＊＊

요즘 들어, 이 네 명 사이에서는 언급하지는 않지만 어렴풋이 느끼고 있는 금기가 존재했다.

"그런데, 무츠미는 요즘 하시구치와 좀 어때?"

"어, 그게 말이야. ……얼마 전에 같이 디즈니랜드에 갔어."

카미마에가 질문을 던지자, 카와구치가 멋쩍어 하며 대답했다.

"어? 단둘이서 말이야?"

"으, 응……."

"정말?! 그럼 이제 사귀는 거나 다름없네!"

카미마에는 흥분한 어조로 그렇게 말했고, 옆에 있던 콘노가「그런데 고백은 안 받은 거야?」하고 물었다.

"응……. 평범하게 같이 갔다가, 평범하게 같이 돌아왔어."

"어~. 정말? 완전 중학생이네."

팬케이크를 즐기던 콘노는 카와구치의 말을 듣고 쓴웃음을 지었다.

"그, 그렇지? ……어떤 의미라고 생각해?"

카와구치가 불안한 어조로 그렇게 말하자, 이즈미는 팬케이크를 삼키고 입을 열었다.

"으음~, 아마 하시구치는 안전제일주의인 것 같으니까——."

이런 식으로 각자의 연애에 대해 이야기를 나누고, 서로를 놀릴 때…….

그녀들 사이에는 어떤 금기가 존재했다.

그것은 바로『이즈미와 나카무라』에 관한 이야기다.

연애를 테마로 한 토크를 나눌 때, 보통은 자연스럽게 이즈미와 나카무라가 언급되어도 이상할 게 없다. 하지만 다들 그 이야기는 하지 않았다. 아니, 일부러 피했다.

콘노 이외의 세 사람은 나카무라의 수상한 목격담에 관한 이야기를 나누지만, 콘노가 있는 자리에서는 절대 그 이야기를 입에 담지 않았다.

그것은 어떤 지점을 우회하며 나아가고 있는 듯한 대화였다. 그래서 이렇게 잡담을 나누다 보면, 문득 다들 그 화제를 피하기 위해 다른 화제를 찾느라 괜히 대화가 끊기는 경우가 있었다.

"……아."

"으음…….."

지금이 바로 그 순간이다. 카와구치와 카미마에는 화제가 이즈미를 향하려 한다는 것을 눈치채더니, 화제의 방향을 다른 곳으로 돌릴 방법을 찾으려 했다. 그런 분위기는 절묘할 정도로 거북했으며, 그 원인 자체를 언급하지 않는 점이 그녀들 사이의 분위기를 더욱 단단하게 만들었다.

"——저기 말이야."

바로 그때, 콘노가 입을 열었다.

"응?"

이즈미는 콘노를 돌아보았다. 그러자 콘노는 태연한 어조로 이렇게 말했다.

"유즈는 슈지와 요즘 어때~?"


그 순간, 이 자리의 분위기가 얼어붙었다. 세 사람이 금기시하던 그 화제를, 그 금기를 만들어낸 장본인이 발을 들이민 것이다.

세 사람은 서로의 얼굴을 쳐다보며, 다음에 무슨 말을 할지 생각했다.

"아니, 저기 말이야."

하지만 그 전에 콘노가 먼저 입을 열었다.

"뭘 신경 쓰는 건지 모르겠지만—— 나, 딱히 신경 안 쓰거든?"

콘노는 이즈미를 쳐다보며 그렇게 말했다.

그 말은 퉁명스럽게 들렸지만, 안개처럼 들러붙어 있던 알력을 없애주는 상냥함이 느껴지는 말이었다. 이것은 반의 여왕 나름의 배려다. 실제로 신경이 안 쓰일 리가 없다. 하지만 그것보다 친구를 향한 마음이 더 앞서는 것이다.

이즈미는 숨을 내쉰 후, 천천히 고개를 끄덕였다.

"응. ……맞아. 괜히 부담 느끼게 해서 미안해."

"내 말이 그 말이야. 너희가 그러니까 괜히 짜증나거든?"

콘노는 한쪽 눈썹을 치켜뜨며 그렇게 말했다. 표정이 부드럽지는 않지만, 불쾌해 보이지는 않았다.

"그럼, 으음…… 에리카와도 상의해야겠네."

그리고 이즈미는 요즘 들어 나카무라와 있었던 일을 이야기하기 시작했다.


\* \* \*


"어, 그렇게 된 거야?"

"으, 응……."

그리고 이즈미는 나카무라와 자신의 사이―― 즉 요즘 들어 같이 노는 빈도가 극단적으로 줄었으며, 다른 여자와 함께 있는 모습도 목격됐다는 것을 콘노에게 말했다.

"정말? 큰일 난 거 아냐?"

콘노는 적지 않게 놀란 듯한 표정을 지었다.

"역시, 큰일……난 거지? ……으으."

이즈미는 표정이 굳어지더니, 고개를 숙였다.

"그, 그렇지 않아, 유즈!"

"맞아~! 슈지 군이 그런 짓을 할 리가 없어!"

이즈미가 부정적인 생각에 잠기자, 카미마에와 카와구치가 격려를 해주려고 했다.

"으음~. 나는 위험신호라고 생각해. 슈지라면 그럴지도 모르거든."

콘노가 그 말을 딱 잘라 부정했다.

"그, 그렇지? ……나도 같은 생각이야."

이즈미가 고개를 끄덕이자, 콘노도 마주 고개를 끄덕였다. 그리고 두 사람은 눈썹을 찌푸렸다.

그런 두 사람을 본 카와구치와 카미마에는 작은 목소리로 말했다.

"저기, 저 두 사람은 슈지 군을 좋아하지……?"

"응. 그런데 왜 쟤들은 저렇게 슈지 군을 의심하는 걸까……?"

두 사람은 이해가 안 된다는 듯이 서로를 쳐다보았다.

그런 가운데, 이즈미와 콘노는 고민에 빠졌다.

"일단 오늘도 거절당했지? 지금 뭐하고 있는지 물어보는 게 좋지 않을까? LINE으로 말이야."

"으~. 하지만 집착하는 것 같지 않을까……."

"아~. 그것도 그러네. 그럼……."

콘노는 카와구치와 카미마에 쪽을 쳐다보았다.

"무츠미나 마오가 물어보는 거야."

"아! 그러면 되겠네!"

"좋은 생각이지?"

어찌 보면 단순한 아이디어다. 이즈미가 직접 물어보는 게 아니라, 주위 사람이 은근슬쩍 물어본 다음에 이즈미에게 전해주는 것이다. 얼마 전까지만 해도 콘노 그룹과 나카무라 그룹은 친하게 지냈으니, 카와구치와 카미마에는 나카무라와 자연스럽게 연락을 취하는 사이다.

"그런데, 뭐라고 물어볼까?"

"으음~. 폰 좀 잠시 빌려줘 봐."

콘노는 대답 대신 카와구치의 핸드폰을 손에 쥐었다.

"아, 응. 그렇게 해."

"으음······."

카와구치는 폰을 빼앗긴 후에 승낙을 했고, 콘노는 당연한 듯이 그 핸드폰을 조작했다. 그렇게 서로간의 상하관계가 드러났다.

콘노는 우선 카와구치의 LINE을 켜고 나카무라와의 채팅 화면을 펼친 다음, 『지금 뭐해?』하고 입력했다. 그리고 카와구치의 승낙을 얻은 다음에, 그것을 보냈다.

그리고 사진을 첨부하는 버튼을 누르더니, 아까 찍은 팬케이크 사진을 보냈다. 자신의 팬케이크만이 아니라 카미마에의 몸과 남의 팬케이크도 찍힌 사진을 말이다.

그리고 그것이 송신되었다는 걸 확인한 다음, 『나는 팬케이크 음미 중』이라는 메시지를 보냈다.

"──이러면 되겠지."

"오~."

카미마에가 탄성을 터뜨렸다.

"유도하려는 거구나."

카와구치도 납득을 한 것처럼 고개를 끄덕였다.

상대방이 뭘 하고 있는지 물어본 다음, 연이어 사진을 보내 이쪽의 상황을 전한다. 직접적으로『사진을 보내봐』라고 말하는 게 아니라, 자연스럽게 상대도 같은 식의 LINE을 보내도록 유도하는 메시지였다.

　"이렇게 하면, 아마 상대도 사진을 보내겠지? 뭐, 슈지라면 그냥 깔끔하게 무시하며 답장만 보낼지도 모르지만 말이야."

　"아하하……. 그럴지도 몰라."

　이즈미는 쓴웃음을 지으면서도, 자신의 불안을 해소하기 위해 나서준 콘노가 믿음직하다고 생각했다. 콘노는 자신이 좋아했던 이와 사귀고 있는 이즈미를 위해, 이렇게 협력해주고 있었다. 남을 챙겨주는 면도 있는 것이다. 무서울 때는 엄청 무섭고, 집단 괴롭힘이나 다름없는 짓을 한 건 지금도 옳지 않았다고 생각하지만, 그래도 미워할 수가 없었다.

　"아, 메시지를 봤나 보네."

　"뭐?!"

　콘노가 그렇게 말하자, 이즈미는 깜짝 놀랐다. 그건 곧 받을 답장을 확인하는 것이 긴장되기 때문이며, 또한 자신이 LINE을 보냈을 때는 이렇게 빨리 확인하지 않았다는 점 때문에 묘한 질투심을 느끼기도 했다.

　"어떤 내용의 답장일까?"

　카와구치는 약간의 흥분이 어린 목소리로 그렇게 말했

다. 이즈미가 불안에 떨고 있다 할지라도, 어디까지나 그
것은 남의 일이다. 게다가 나카무라가 바람을 피우고 있다
는 것이 확실해지지도 않은 상황이다. 그녀는 상황을 낙관
하고 있었다.

잠시 후, 나카무라에게서 답장이 왔다. 작전대로 메시지
만이 아니라 사진도 함께 왔다.

그것은 패밀리 레스토랑에서 미즈사와 타카히로가 햄버
그를 먹고 있는 사진이었다. 그리고,『타카히로와 밥 먹는
중』이라는 짤막한 문장도 왔다.

"뭐야~."

이즈미는 안도 섞인 한숨을 내쉬었다.

"거봐~. 괜한 걱정이랬잖아!"

카와구치는 이즈미의 어깨를 두들기더니, 입을 크게 벌
리며 웃었다.

"맞아~. 그렇게 러브러브하고 있는데, 바람을 피울 리
가 없어."

카미마에도 그 말에 동의한다는 듯이 밝은 어조로 그렇
게 말했다.

"그, 그래. 다들 걱정 끼쳐서 미안……."

이즈미가 말을 이으려던 바로 그때였다.

콘노가 어떤 점을 눈치챘다.

"잠깐만 있어봐. ──이거 좀 봐."

콘노가 사진이 표시된 스마트폰을 테이블에 놓더니, 어

떤 부분을 확대했다.

거기에 찍힌 것은…….

"……어."

"맙소사."

"윽…….."

세 사람은 동시에 불길한 반응을 보였다.

콘노의 손가락이 가리킨 것은── 여성 취향의 커버가 씌워진, iPhone이었다.

"이건 슈지나 히로의 폰이 아니지?"

이즈미는 애절한 목소리로, 그런 답이 뻔한 질문을 던졌다.

"그래."

콘노는 차분하게 고개를 끄덕이더니, 미간을 찌푸렸다.

"뭐, 타카히로도 같이 있으니 저 자리에 여자가 같이 있어도 바람피우는 거라고 볼 수는 없겠지만……."

"……응."

이즈미는 그 말을 듣고 고개를 끄덕였다. 그리고 그 뒤에 이어질 말을 입에 담았다.

"왜…… 숨기는 걸까?"


＊ ＊ ＊


그 후, 네 사람은 이 사진의 진상에 대해 격렬한 논쟁을 벌였다.

"숨기는 걸 보면 찔리는 구석이 있는 거야! 게다가 내 LINE으로 보냈는데도 숨기는 걸 보면 틀림없어!"

카와구치가 그렇게 말하자, 콘노는 고개를 갸웃거렸다.

"뭐, 무츠미의 LINE으로 연락을 하기는 했지만, 이 자리에 유즈가 있을지도 모른다고 생각한 거 아닐까?"

"아~. 그럴지도 모르겠네. 여기에 누가 있는지는 말 안 했거든."

콘노는 고개를 끄덕였다.

"게다가 슈지와 타카히로, 이렇게 여자가 두 명 있는 자리에 여자가 한 명 있는 것도 좀 이상하지 않아? 한 명 더 있는 게 틀림없어."

콘노가 그렇게 추측하자, 카와구치는 놀란 듯한 어조로 말했다.

"어, 그럼 미팅 같은 걸 하고 있다는 거야?"

콘노는 그 말을 듣고 고개를 끄덕였다.

"그야 슈지와 바람둥이 히로라면 그럴 수도 있지 않을까~? 타케이도 없는 것 같으니까 말이야."

"아하하. 바람둥이 히로는 좀 너무했어."

콘노가 이상한 별명을 입에 담자, 카미마에가 웃음을 터뜨렸다.

"……으으."

그리고 이즈미는 고개를 푹 숙였다. 하지만 무리도 아니다. 자신의 애인이 다른 여자와 함께 있을 뿐만 아니라, 그것을 남에게 숨긴 것이다.

콘노는 쓴웃음을 지으면서 이즈미의 어깨를 두드렸다.

"아직 뭐가 어떻게 된 건지 밝혀진 건 아니잖아. 귀찮아서 숨기고 있는 걸지도 몰라. ……너무 상대방을 믿은 바람에, 나중에 상처 입는 것도 좀 그렇지만 말이야."

"……응. 맞아."

이즈미의 표정은 밝아지지 않았다. 콘노는 그런 이즈미의 얼굴을 보더니, 잠시 생각을 해본 후에 이런 말을 덧붙여 입에 담았다.

"뭐, 정 신경이 쓰인다면 집에 돌아가서 타카히로에게 물어보면 돼. 또 누가 있었는지를 말이야. 지금 슈지에게 그 핸드폰이 뭔지 직접 물어보는 건 너무 캐묻는 것 같을 거야."

이즈미는 그 말을 듣고 표정이 약간 밝아졌다.

"아, 그래. 그러면 되겠네."

콘노는 고개를 끄덕였다.

"타카히로가 아무렇지도 않게 다른 여자애도 있었다고 이야기하면, 단순한 친구 사이야. 만약 단둘뿐이었다고 말한다면, 타카히로도 한패라고 봐야겠지."

"……그렇구나. 좋아. 그렇게 할게."

이즈미는 결의를 다지듯 고개를 끄덕였다.

"에리카. 고마워."

"뭐, 별거 아냐."

퉁명한 목소리로 그렇게 말한 콘노의 마음속에는—— 망설임이 존재했다.

그것은 여자의 감일까. 아니면 여왕의 예견일까. 아무튼, 묘한 예감이 들었다.

이 상황에서 이 말을 해야 할까, 말아야 할까.

내 생각에는 묻지 않는 편이 좋을 것 같네, 라는 말을…….

　　＊＊＊

그날 밤. 이즈미는 침대에 눕더니, 손에 땀을 쥔 채 스마트폰을 조작했다.

화면에는 LINE의 토크박스가 표시되어 있었다.

그리고 받는 이는 미즈사와 타카히로였다.

이즈미는 고심하고 또 고심하면서 문장을 작성했다.

아무것도 눈치채지 못한 척 적당히 잡담을 나누는 편이 좋을까. 하지만 이 타이밍에 느닷없이 잡담을 하는 것도 부자연스럽고, 무엇보다 미즈사와는 눈치가 빠르니까 위화감을 눈치챌 가능성이 크다는 생각이 들었다.

그렇다면 차라리 불안하다는 걸 솔직하게 털어놓는 편이 좋을까.

하지만 그럴 경우, 미즈사와를 통해 이 사실이 나카무라에게 전해질 가능성이 있다. 만약 그렇게 된다면 부담스러운 여자라고 여겨질 것 같아서 싫었다.

그렇다면, 이렇게 하자.

이즈미는 자신이 작성한 문장을 보냈다.


『저기.』

『오늘, 슈지와 단둘이서 외출했어??』


그것은 별다른 정보가 더해지지 않은, 심플한 문장이었다.

이런 문장이면 이즈미가 어떤 의도로 질문을 던진 것인지 눈치채기 어려울 거라고 생각했다.

이즈미는 격렬하게 뛰고 있는 가슴에 손을 댄 후, 답장을 기다렸다.

만약 미즈사와가 다른 여자도 같이 있었다고 말한다면 아무 걱정도 할 필요 없다.

거꾸로, 단둘이었다고 말한다면── 문제는 심각해지는 것이다.

이즈미는 스마트폰을 침대 구석에 던져둔 후, 그대로 드러누웠다. 바로 그때, 메시지가 왔다는 걸 알리는 알람이 울렸다. 그리고 이즈미는 답장이 너무 빨리 와서 깜짝 놀랐다.

이즈미는 서둘러 이불을 걷으며 스마트폰을 보니, 화면에 답장이 표시되어 있었다.

미즈사와한테서 온 메시지의 내용은 이러했다.

『맞아. 둘이서 외출했어.』
『어떻게 알았어?』

이즈미는 다시, 침대에 털썩 드러누웠다.

＊ ＊ ＊

그리고 며칠 후. 이즈미는 나카무라에게서 오는 LINE을 무시하며 하루하루를 보냈다.

하지만 며칠 전에 LINE으로 나카무라의 보냈던 메시지에 답장을 하지 않았을 뿐이며, 그에게서 추가로 메시지가 오지는 않았다. 학교에서 나카무라가 그걸 언급하지도 않았다. 그러니, 무시라고 해도 될지 미묘할 만큼, 소소한 반격이었다.

이즈미는 생각했다.

——아마 그는 자기가 답장을 하지 않아도 아무렇지 않게 생각하는 것이다.

자신은 나카무라의 답장이 조금만 늦게 와도 허둥대는데, 그는 아무렇지도 않아 보였다.

이즈미는 그 점이 묘하게 서운했고, 그와 동시에 자포자기를 하게 됐다.

"으━━━━!!"

이즈미는 베개를 입에 댄 채, 소리가 새어나가지 않도록 고함을 질렀다. 감정을 발산할 셈으로 그런 행동을 취했지만, 오히려 그녀의 마음은 더욱 불안정해졌다.

"정말……."

이즈미는 나카무라와의 추억을 떠올렸다.

공원에서 고백을 받았을 때…….

휴일에 과감하게 손을 맞잡았을 때…….

처음으로 그의 집에서 단둘이 있었을 때…….

머리가 살며시 닿았을 때 느꼈던 그의 체온, 그리고 자신을 몰래 쳐다보고 있는 그의 표정…….

자신은 무심코, 불쑥, 나카무라에 대해 생각한다.

자신은 항상 쫓아가기만 했으며, 잡아두지 않으면 어딘가로 가버릴 듯한 그가 항상 신경 쓰였다.

하지만 그는 자신 말고도 많은 것을 보고 있으리라.

예를 들자면── 그때 같이 있던 여자애라거나…….

그 iPhone의 주인인 여자애는 어떤 애일까.

어떤 스타일의 옷을 입을까. 자신과 비슷할까. 아니면 전혀 다른 타입일까.

……자신보다, 귀여울까.

이즈미는 온갖 생각으로 가득 차 있는 머릿속으로 그런 생각을 한 끝에…….

"으으────!!"

베개를 향해, 한층 더 큰 목소리로 고함을 질렀다.

＊＊＊

그리고 다음날. 우려하던 사태가 벌어졌다.

아침. 이즈미의 핸드폰이 울렸다.

진동 소리에 깬 이즈미의 눈에, 핸드폰 화면에 표시된 『슈지』라는 글자가 들어왔다.

그것은 나카무라에게서 LINE통화가 걸려왔다는 의미였다.

"……어."

졸음이 싹 달아난 이즈미는 불길한 예감을 느꼈다.

이 며칠 동안, 나카무라와는 전혀 이야기를 나누지 않았다.

그리고 며칠 전, 나카무라가 수상한 행동을 하고 있을 뿐만 아니라, 그의 주위에 다른 여자가 있는 것 또한 눈치챘다.

게다가 이 타이밍에, 전화가 온 것이다.

그것이 가리키는 것은 단 하나뿐이라는 생각이 들었다.

──아마, 용건은 그게 분명해.

이즈미는 전화를 받는 것을 주저하며, 화면을 지그시 쳐다보았다.

이대로 도망친들 상황은 달라지지 않는다. 결론을 아는

걸 미룰 뿐이다.

그건 알고 있지만── 그래도 이즈미는 받지 못했다.

이윽고 체념한 것인지, 착신음이 끊겼다.

"……하아. 다 싫어."

이즈미는 방금 잠에서 깬 탓에 잘 돌아가지 않는 머리로 필사적으로 생각했다.

자신이 어떻게 하면 될까. 무슨 말을 하면 될까.

어떻게 하면 이제부터 자신을 기다리고 있을 최악의 상황을, 피할 수 있을까.

그 답을 찾기도 전에── 또 핸드폰이 울렸다.

방금 잠에서 깼다는 게 믿기지 않을 만큼, 심장이 빠르게 뛰었다. 전화를 받고 싶지 않았다. 하지만, 이대로 있다간 불안에 짓눌려버릴 것만 같았다. 그리고, 그 불안에서 빨리 해방되고 싶다는 심정에 사로잡힌 이즈미는 결국 전화를 받았다.

"……여보세요?"

최대한 평소와 다름없는 어조로 입을 열자, 핸드폰에서는 평소보다 어두운 듯한 나카무라의 목소리가 흘러나왔다.

『……안녕.』

"무슨 일이야?"

『저기 말이야.』

핸드폰에서는 낮은 톤의 목소리가 흘러나왔다. 하지만

이즈미는 억지로 평소와 다름없는 톤으로 말했고, 그게 왠지 부끄러웠다.

나카무라는 머뭇거리면서 이렇게 말했다.

『지금…… 잠깐 만나서 이야기 좀 나누지 않을래?』

"……어."

불길한 예감이 확신으로 바뀌었다.

나카무라는 용건을 밝히지 않았다. 그저 만나서 이야기를 하고 싶다는 말만 했다.

"왜?"

이즈미가 그렇게 말하자, 나카무라는 잠시 침묵한 후, 약간 힘이 들어간 목소리로 말했다.

『저기, 너도 얼추 짐작이 되잖아?』

그 말을 들은 순간, 이즈미의 마음은 완전히 얼어붙었다.

그렇다. 짐작은 됐다.

"응……. 맞아."

『그럼 우리 집 근처까지 와줄래?』

그것은 바로—— 이별 통보다.

이즈미는 자신의 목소리에서 생기가 사라지는 것을 느꼈다.

그와 동시에, 맹렬한 후회가 밀려왔다.

왜 그 사진을 본 후, 혹은 미즈사와에게 확인을 한 후, 의미도 없는 자존심과 경쟁심 때문에, 나카무라에게서 온 LINE에 답장을 하지 않는다는 수단을 선택한 걸까.

만약 그때, 나카무라의 마음이 자신에게서 멀어져가는 것을 눈치채고, 대책을 취했다면…….

이렇게 되지 않았을지도 모른다.

"……싫어."

억지로 참고 있던 떨림이 허무할 정도로 훤히 드러나더니, 이즈미의 감정적인 울림이 나카무라에게 전해졌다.

『뭐?』

"싫단 말이야!!"

그리고 이즈미는 고함을 질렀다.

『……뭐가 싫다는 거야?』

나카무라는 언짢은 어조로 말했다.

"아무튼, 싫어! 내가 뭘 싫다는 건지, 모르는 것도 아니잖아?!"

『알기는 하는데……. 어?』

"안 가."

그리고 이즈미는 될 대로 되라는 듯이 그렇게 말했다.

"아무 말도 듣고 싶지 않으니까, 절대 안 갈 거야. 오늘은 쭉 집에 틀어박혀 있을래."

『너, 대체 뭐야?』

"이즈미 유즈예요."

이즈미는 어린애 같은 말투로 그렇게 말하더니, 곧 방금 한 말을 후회했다. 이런 대화를 이어나가자, 이즈미의 마음속에 점점 고통이 쌓여 갔다.

『……그럼 내가 너희 집 근처까지 갈게.』

"어."

『도착하면 연락할게.』

"잠깐만 기다…….』

『그럼 좀 이따 봐.』

"기다리란 말이야!"

나카무라는 이즈미의 말을 들은 척도 하지 않으며 그대로 전화를 끊었다.

"……으으."

핸드폰에서 소리가 났다.

어제부터 충전을 하지 않았던 바람에 핸드폰의 배터리가 5퍼센트밖에 남아있지 않았다. 그래서 붉은색 아이콘이 표시되어 있었다.

그것은 마치 이 아슬아슬한 연인관계의 남은 시간을 암시하고 있는 것만 같았다.

"와아━━━!!"

이즈미는 베개로도 가릴 수 없을 만큼 큰 목소리로 그렇게 외친 후, 나카무라가 도착했다는 연락이 올 때까지 기다리기로 했다.

＊＊＊

『10:24에 도착하는 전철을 탔어.』

그리고 메시지가 도착했다.

이제 방법이 없다는 것을 눈치챈 이즈미는 LINE 화면을 껐다. 그리고 스마트폰을 충전기에 연결하더니, 케이블이 연결된 스마트폰을 베개 밑에 집어넣었다.

그리고 나카무라가 도착할 시간이 될 때까지, 이즈미는 아무 생각도 하지 않으며 침대 위에서 몸을 동그랗게 말고 있었다.

뭐라고 말하며 이별하지. 혹시 끈질기게 매달리면 용서해줄까. 용서해주다니, 대체 뭘? 혹시 자신에게 싫증이 난 걸까. 헤어지고 싶지 않다고 말하면, 부담스럽다고 여길까.

답이 없는 질문을 자기 자신에게 던지다 보니, 이윽고 열 시가 되었다.

"……곧 도착하겠네."

이즈미는 화장을 하지 않았지만, 눈이 커 보이는 컬러 콘택트렌즈는 착용했다. 그리고 나카무라를 만나러 간다는 생각에 평소 마음에 들어 하던 옷을 고른 그녀는 그런 자기 자신을 향해 쓴웃음을 지었다.

10시 20분경에 역 앞에 도착한 이즈미는 머플러를 목에 둘러서 얼굴을 반쯤 가린 채, 나카무라가 도착할 때까지 기다렸다.

그리고 몇 분 후…….

이즈미가 오래간만에 보는 그림자가, 역의 계단에 드리

워졌다.

"아……."

그 모습을 본 순간, 눈물이 날 것만 같았다.

한동안 만나지 못하고, LINE의 답장을 하염없이 기다리며, 같이 놀자는 제안을 거절당할 때마다 이즈미는 괴로웠다. 그리고 머릿속이 불안으로 가득 차는 느낌마저 받았다.

그런 고통스러운 감정이 나카무라의 얼굴을 본 순간, 거짓말처럼 뒤집히더니── 그저 『좋아한다』는 마음이 되어 이즈미의 머릿속을 지배했다.

싫어. 싫어.

이대로 끝내고 싶지 않아.

이즈미는 도망가고 싶었지만, 필사적으로 참았다. 얼굴을 반쯤 가린 머플러를 올려서 얼굴 전체를 가렸다. 이런 심정으로 이런 추위 속에 있다간 눈물을 흘리고 말 것이다. 나카무라에게 그런 약한 모습을 보여주고 싶지 않다.

그래서 이즈미는 머플러에 가려진 입술을 꼭 깨물면서 참았다.

이윽고 나카무라는 이즈미의 앞에 섰다.

"여어. ……오래간만이야."

나카무라는 평소와 분위기가 달라 보였으며, 이즈미와 시선도 맞추지 않았다.

"……오래간만."

하지만 이즈미는 나카무라의 얼굴을 지그시 응시했다.

그것은 『자신의 애인』인 나카무라의 모습을 눈에 새겨두고 싶다── 그런 생각에서 비롯된 행동일지도 모른다.

"여기는 좀 그러니까, 저쪽으로 가자."

나카무라는 역 앞의 공원에 있는 벤치를 손가락으로 가리켰다.

그곳은 두 사람이 사귀기 시작한 후로, 별것 아닌 이야기와 중요한 이야기를 나눴던, 그런 추억이 어린 장소였다.

"……좋아."

이즈미는 고개를 끄덕이더니, 그를 따라갔다.

두 사람은 벤치에 나란히 앉았다. 메마른 바람이 모래먼지를 일으키며, 마른 나뭇가지 사이로 불어왔다.

잠시 동안 정적이 흐른 후…….

나카무라가 입을 열었다.

"저기…… 말이야."

나카무라는 호주머니에 손을 넣은 채, 천천히 말을 이어갔다.

칼집에서 칼을 뽑으려는 듯한, 둘 사이의 관계를 단칼에 베어버리려는 듯한, 그런 나카무라의 시선은 이즈미를 향하고 있었다.

"잠깐만!!"

이즈미는 그런 나카무라의 말을 막듯, 큰 목소리로 그렇게 외쳤다.

"싫어!! 헤어지고 싶지 않아!!"

이즈미는 체면을 내팽개치며 그대로 본심을 털어놓았다. 나카무라는 망연자실한 표정으로 그런 이즈미를 쳐다보았다.

부질없는 발버둥이라도 좋다. 부담스러운 여자라고 여겨져도 좋다. 그래도 이대로 끝내는 건 싫다.

"나는 바보에 폐만 잔뜩 끼치지만, 그래도 슈지를……."

그리고 더는 못 참겠다는 듯이, 눈물이 잔뜩 맺힌 눈으로 나카무라를 쳐다보며 외쳤다.


"──슈지를, 좋아해!!"


침묵이 흘렀다.

이즈미는 나카무라에게서 눈을 떼지 않았다. 하지만, 어째서일까.

나카무라의 표정에서 위화감이 느껴졌다.

마치 자신이 진심을 담아 건넨 말이, 전혀 전해지지 않은 것처럼──.

"아니, 저기 말이야."

그리고 나카무라는 이즈미가 전혀 예상치 못한 말을 입에 담았다.


"──생일, 축하해."

이즈미는 얼이 나간 채, 침묵에 잠겼다.

"……어?"

나카무라는 그런 이즈미를 쳐다보며 쓴웃음을 흘렸다.

"저기…… 무슨 착각을 한 건지는 모르겠지만 말이야."

나카무라가 생일을 축하한다고 말하며 내민 손에는 귀엽게 래핑이 된 조그마한 꾸러미가 놓여있었다.

"너, 오늘 생일이잖아? 나는 그저 선물을 건네주려고 온 것뿐이거든?"

나카무라는 여전히 난처하다는 투로 그렇게 말하더니, 곧 장난기 섞인 웃음을 흘렸다.

그 순간, 이즈미는 최근에 나카무라가 보였던 반응, 행동, 그리고 오늘 만난 후에 그가 보인 거동을 떠올리며 납득했고—— 결국 이렇게 외쳤다.


"아————?!"


＊ ＊ ＊


"하하하하하!"

나카무라는 배꼽을 잡으며 웃음을 터뜨렸다.

"웃지 마! 나는 엄청 걱정했단 말이야!"

"하아. 너, 바보지?"

그 말에 대꾸하지 못한 이즈미는 얼굴을 새빨갛게 붉힌

채 언성을 높일 수밖에 엇었다.

"저기, 타카히로나 다른 여자애들에게 네 선물을 고르는 걸 골라 달라고 부탁한 바람에 같이 놀지 못한 거야."

"그, 그럼 사진에 찍혔던 그 스마트폰의 주인은……."

"방금 말한 여자애야. 얼마 전에 타카히로와 다른 학교의 문화제에 갔을 때 친해진 애지. 아무 사이도 아니라고."

"으, 으으……."

이즈미는 너무 부끄러운 나머지 나카무라의 얼굴을 똑바로 쳐다보지 못했다.

"그럼 전화로 「너도 얼추 짐작이 되잖아?」 하고 말했던 건……."

"하하하! 그야 오늘이 자기 생일인 건 모를 거라고 생각도 못 했거든."

"그, 그건 그래……."

지당하기 그지없는 말인지라, 이즈미는 자신이 얼마나 냉정하지 못했는지 눈치챘다. 오늘이 자기 생일이라는 것을 잊고 있었다. 완전히 까맣게 말이다.

나카무라는 너무 웃느라 흘러나온 눈물을 손가락으로 닦은 후, 어이없다는 듯한 시선으로 이즈미를 쳐다보았다.

"하하~. 너는 진짜 머리가 나쁘구나."

"시끄러워!"

이즈미는 눈물을 소매로 닦더니, 마음속의 감정을 그대로 토해냈다. 너무 부끄러운 나머지, 맹수 같은 시선으로 나카무라를 노려보았다.

나카무라는 그런 이즈미를 상냥한 눈길로 응시하더니, 하아 하고 한숨을 내쉬었다.

"저기…… 나는 다른 여자한테는 흥미 없어. 그러니까 괜히 신경 쓰지 마."

"아……."

"알았지?"

이마를 꿰뚫는 듯한 날카로운 시선이 느껴졌다. 그것은 거짓이 전혀 섞여 있지 않은 진지한 눈길이었다.

이즈미는 생각했다. 평소에는 단순하고 어린애 같지만, 이럴 때만, 참 약았다.

"……응, 알았어."

그리고 순순히 고개를 끄덕였다. 그러자 나카무라는 만족 섞인 미소를 짓더니, 다시 입을 열었다.

"그런데, 딴 애들한테서는 안 왔어? 생일 축하 메시지 말이야."

"어?"

그러고 보니 어제부터 핸드폰을 제대로 충전을 하지 않았을 만큼 기분이 가라앉아 있었다. 그리고 나카무라에게서 전화를 받은 다음부터는 그 일에만 정신이 팔려서 남들이 보낸 LINE을 확인할 여유가 없었다.

이즈미는 다시 LINE 화면을 확인했다.

"……아."

거기에는 콘노와 카와구치, 카미마에, 그리고 히나미와 나나미 미나미 등, 많은 친구들에게서 메시지가 와있었다.

"아, 큰일 났어."

이즈미는 그렇게 말하며 울먹거렸다.

"어?"

"절망의 구렁텅이에서 단숨에 해피해진 바람에, 머리가 잘 돌아가지 않아."

마치 시꺼멓던 하늘이 새하얗게 변하더니, 그대로 무지갯빛으로 변한 듯한 느낌마저 들었다.

"하하하. 너는 진짜 바보구나."

이즈미는 생각했다.

정말 최악이자, 최고의 생일이다.

"바보라도 괜찮거든요~?!"

이렇게―― 이즈미 유즈가 느낀 우울은 전부 기우로 끝났다.

"아아~, 정말 싫어! 아아~, 행복해!!"

입에서 나오는 대로 외친 이즈미의 얼굴에는 평소와 마찬가지로 미소가 어려 있었다.

# 7

떨쳐낼 수 있을 속도로

나는 이대로 괜찮을까, 나는 대체 뭘 위해 살고 있는 걸까 같은 그런 망설임은 사춘기 때 누구나 느끼지, 같은 걸 남 일처럼 생각했지만, 아무래도 내가 그 한가운데에 있는 것 같은걸? 같은 걸 눈치챌 때까지가 요즘 세대의 정석일까. 저, 나나미 미나미는 그런 세븐틴이라는 것에 휘둘리고 있는 꽃 같은 여고생이에요.

하지만 그런 고민은 이미 전부 떨쳐냈다고 생각했는데, 어느새 내 등을 움켜잡으며 골로 향하지 못하도록 열심히 잡아당기고 있어. 잠깐만, 그건 반칙이잖아, 같은 생각이 들지만 나는 그대로 휘말리고 있으며, 가능하다면 머리에 찬 헤어밴드로 공격을 하고 싶을 지경이야. 지난번에는 아오이, 토모자키, 타마에게 폐를 끼쳤으니까, 이번에는 그러고 싶지 않은데 말이지.

그리고, 원인도 아마 알고 있다.

타마와 에리카 사이의 일이다.

정말 대단했거든. 원래 타마의 그런 강한 면을 존경했고, 에리카 상대로도 물러서지 않는 점에 깜짝 놀랐다. 하지만 그것보다 놀라운 점이 바로 마지막에 보여줬던 타마의 변화였다.

항상 퉁명하게 자신의 생각을 그저 솔직하게 표현하기만 하던 타마가, 그렇게 귀엽고 넉살 좋은 모습을 보인 것이다. 「타마답게, 말이야!」하고 말해서 반 전체를 자신의 편으로 만드는 모습을 보고, 나는 엄청난 충격을 받았다.

한가운데 전력 직구만 던지던 투수가 갑자기 날카로운 변화구를 던질 수 있게 됐다가 말하면 될까. 야구에 대해 잘 알지 못하지만, 아마 그런 느낌일 거라고 생각한다.

그리고 나는 타마에 비하면 전혀 진보하지 않았으며, 여전히 적당한 직구와 적당한 변화구를 무기 삼아 오늘도 싸우고 있다. 인간은 항상 성장해야만 하는 건 아니지만, 왠지 뒤처지고 있는 듯한 느낌이 들어서 쓸쓸했다. 그래서 마음에 이렇게 응어리가 생긴 거라는 게 명탐정 미미미의 추리예요.

참고로 손재주가 조금 좋을 뿐인 일반인 대표인 나는 마음속의 고민 또한 흔하디흔했지만, 내 인생을 살아가고 있는 나에게 있어서는 그것이 매우 중대한 고민이었다.

이런 걸 신경 쓰지 않을 만큼 강해지고 싶다는 생각을 가지고 있지만, 평소와 마찬가지로 평범하게 학교에 다니기만 하는 나날을 보내고 있었다. 그래도 씩씩한 미미미는 오늘도 최선을 다하고 있어요.

\* \* \*

방과 후의 교실. 얼마 전에 부활동을 은퇴한 나는 타마를 포함한 여자 클래스메이트 네 명이서 잡담을 나누고 있었다. 그 멤버는 타마와 카시와자키 사쿠라, 세노 유키다. 아오이는 아직 은퇴를 하지 않고 특별 멤버로 육상부 활동을 계속하고 있기 때문에, 그곳으로 갔다. 역시 아오이는 대단하다니깐.

이 자리에서 나는 타마와 다른 애들의 이야기를 듣고 있었다.

"왠지 방과 후가 되면 교실이 넓게 느껴져~."

"에이, 그건 내가 조그마하기 때문이야!"

"아하하! 맞네!"

어느새 정석이 된 소재를 중심으로 한 대화는 즐겁게 이어져갔다.

"그래! 그런데 이미 이 이야기에도 질렸어!"

"그걸 자기 입으로 말하는 거야?!"

"내가 가장 많이 쓰니까, 내가 가장 먼저 질리는 거야!"

"아하하, 그럴지도 몰라."

지금 이 자리의 중심이 되는 건 타마이며, 예전 같았으면 생각도 못했을 일이다.

에리카와 다투기 전의 타마는 이런 장난스러운 대화를 거북하게 여겼으며, 내가 옆에서 거들어주지 못하면 잘 어울리지 못했다.

하지만 지금은 내가 거들어주지 않아도 될 만큼 즐겁게 이야기를 나누고 있으며, 다른 이들도 익숙해졌다.

게다가, 타마는 그냥 남들에게 맞춰주기만 하는 게 아니었다. 방금처럼 이런 소재에 질렸다는 듯이 딱 잘라 말했고, 그 말에는 타마다운 느낌이 물씬 묻어나고 있었다. 그렇게 자신이 생각한 바를 전부 말하는 면까지 전부 포함해, 받아들여 주고 있는 것이다.

솔직하게 말해 정말 대단하다는 생각이 들었다.

"아, 하굣길에 어디 갈까? 노래방 갈래?"

사쿠라가 그렇게 말하자, 타마는 바로 고개를 갸웃거리며 말했다.

"으음~, 나는 좀 그래."

"아하하! 완전 딱 잘라 말하네!"

이런 타마의 직설적인 언동이, 그녀에게 재미있는 애라는 인상을 안겨주고 있었다.

예전 같았으면 이럴 때, 내가 딴죽을 날려서 웃음을 유도했다.

하지만 지금은 그럴 필요가 없다.

타마는 『자기 자신을 관철한다』라고 하는 나와 다른 면을 지녔으며, 반대로 나는 『다른 이들과 잘 지낸다』고 하는 타마에게 없는 면을 지녔다. 그래서 남들과 같이 있을 때, 내가 타마의 버팀목이 되어줘야 한다고 생각했다. 하지만 타마는 스스로 『남들과 잘 지낸다』고 하는 기술마저 익혔다.

어떻게 이 짧은 사이에 그것을 익힌 건지는 짐작조차 안 된다. 아무래도 예의 그 남자가 뒤에서 활약한 건 알겠지만, 그래도 이렇게 간단히 사람이 변할 리가 없다. 분명 타마는 최선을 다해 노력했을 것이다.

타마에게 친구가 생겼다.

타마에게 있을 곳이 생겼다.

그리고 타마의 멋진 면을, 남들이 이해해줬다.

그것은 나에게 있어 정말 기쁜 일이다. 왜냐하면 내가 진심으로 좋아하는 사람을, 남들도 좋아해 주는 것이다. 이렇게 기쁜 일은, 이 세상에 흔치 않을 거라고 생각한다.

"그럼 볼링은 어때?"

"으음, 볼링공이 무거운데……. 아! 타마답게 말이야!"

"그러니까 그 말을 자기가 하면 어떻게 하냔 말이야!"

세 사람은 또 웃음을 터뜨렸다. 나도 그에 맞춰 웃음을 흘렸다.

"하지만 볼링에는 찬성!"

타마가 그렇게 말하자, 다들 생각에 잠겼다.

이 공간은 내 도움이 필요 없는, 그저 즐겁기만 한 공간이다.

"타마 양은 여전하네."

하지만 어째서일까. 조금 쓸쓸한 느낌도 들었다.

타마가 나에게 도움을 받지 않으며 남들과 웃고 있는 모습을 보니, 왠지 둥지를 떠나는 새끼 새를 보고 있는 어미 새 같은 심정을 느꼈다. 이미 내가 타마의 발언에 재미있게 딴죽을 날려줄 필요는 없네, 흑흑흑 같은 느낌으로 울먹이게 될 것만 같았다.

하지만 이런 나는 괜찮은 걸까? 하고 자문자답을 해보

고, 완전 내가 나쁜 애네, 라는 결론에 도달하는 것을 여섯 번 정도 반복했다. 나는 정말 성가신 여자라니깐.

"그런데 배고프지는 않아?"

"아, 맞아."

사쿠라와 유키가 서로를 쳐다보며 고개를 끄덕였다. 나도 쭉 입을 다물고 있었으니, 이제 슬슬 대화에 참가하는 편이 좋을 것 같았다.

"좋아~. 그럼 패밀리 레스토랑에 가볼까요!"

"그거 좋네~!"

"오케이~!"

내가 힘찬 목소리로 그렇게 말하자, 사쿠라와 유키도 즐거운 목소리로 동의했다. 역시 능력 좋은 여자들이다. 나는 그대로 타마를 향해 고개를 돌렸다.

"타마는 어쩔래~?"

"……으음~."

타마는 한순간 망설이더니, 곧 환하게 웃었다.

"나도 갈래!"

저 밝은 미소와 대답, 한 점의 그림자도 어려 있지 않은 저 솔직한 표정과 목소리…….

그걸 접한 나 또한, 덩달아 미소를 지었다.

사실, 이게 가장 즐거웠다.

타마는 이제, 남들과 함께 놀러 가는 것에 거부감을 느끼지 않았다.

"좋아~! 그럼 다 같이 가자!"

"오~!"

응. 확실히 타마가 자립을 해서 조금 쓸쓸하기는 했다.

하지만, 다 같이 어딘가에 놀러갔을 때, 타마도 그 안에 있다.

나는 그 점이 정말, 최고로 해피했다.


＊＊＊


"어서 오세요~. 네 분이신가요?"

"예~."

하굣길에 있는 패밀리 레스토랑에 가자, 우리 넷은 점원들에게 안내를 받으며 금연석을 향해 걸어갔다.

──바로 그때였다. 느닷없이 목소리가 들렸다.

"아~! 너희들~!"

고개를 돌려보니, 그곳에는 타케이가 눈에 들어왔다. 타케이는 자리에서 일어서더니, 손을 흔들며 우리를 향해 그렇게 외쳤다. 여전히 시끄럽네. 어쩔 수 없지. 이 미미미가 대답을 해주도록 할까.

"우오~! 타케이~!"

나는 두 손을 마구 흔들면서, 타케이 못지않게 큰 목소리로 외쳤다. 그리고 타케이와 같은 테이블에서 쓴웃음을 머금은 채 쳐다보고 있는 건 나카무~와 타카히로…… 그리고, 토모자키였다.

나는 마음속으로 탄성을 터뜨렸다. 토모자키는 요즘 들어 저 그룹에 들어간 느낌이네. 처음에는 신입이 무리하는 느낌이 감돌았지만, 지금은 완전히 녹아든 것처럼 보였다. 아, 나는 같이 합숙을 간 적도 있기 때문일까? 사쿠라나 유키 눈에는 어떻게 보이려나.

나와 타케이가 시끄럽게 떠들자, 남자 셋은 눈썹을 찌푸리면서도 「여어~」, 「안녕~」 같은 느낌으로 우리에게 인사를 건넸다. 그러자 토모자키도 「여어~」 하고 가볍게 인사를 했으며, 그게 꽤 자연스러운 느낌이라 화가 났다. 브레인, 방금 그 인사는 뭐야?! 같은 느낌의 딴죽을 날리고 싶었지만, 브레인의 「여어~」는 꽤 이 분위기에 자연스럽게 녹아 들어가고 있었기에 딴죽을 날린 내가 분위기를 망칠 것 같았다. 으음~, 진 것 같은 느낌이 드네.

"자아, 이쪽 자리에 앉으시죠~."

타케이 일행 주위에는 빈자리가 없었기에, 점원분은 저 그룹과 꽤 떨어진 곳으로 우리를 안내했다. 뭐, 괜찮겠지.

우리 넷은 자리에 앉았다.

"메뉴 받아~."

"고마워."

유키가 메뉴를 받더니, 옆에 앉은 타마와 함께 그것을 봤다.

그건 그렇고, 이렇게 보니 또 실감이 되네.

눈앞에 있는 타마를 몰래 쳐다본 후, 좀 떨어진 곳에 앉아 있는 토모자키 쪽도 힐끔 쳐다보았다.

타마도 이렇게 성장했지만, 그뿐만이 아니다.

토모자키도 하루가 다르게 몰라볼 정도로 달라지고 있었다.

게다가, 나는 안다. 아마 겉으로 드러내지는 않지만, 두 사람 다 달라지기 위해 노력했을 것이다. 그것이 이렇게 결과로 드러난 것이다.

바로 그때, 또 한 명의 나, 블랙 미미미가 마음의 틈새로 얼굴을 쑥 내밀었다.

──그럼, 나는 뭘 했지?

심장을 찌르는 듯한 감각이 나를 덮쳤다.

남은 남, 나는 나, 라는 것은 알고 있다. 하지만, 그래도 비교를 하고 만다.

벌써 2학기도 절반가량 지났다. 저렇게 극적으로 변화한 두 사람에 비해, 나는 성장을 한 것일까.

그리고 이제부터, 변화할 수 있을까.

"미미미는 정했어~?"

자문자답에 빠져 있던 나는 사쿠라의 말을 듣고 현실에 돌아왔다.

"아, 응. 이걸로 할게."

내가 일본풍 햄버그를 손가락으로 가리키자, 사쿠라는 화들짝 놀랐다.

"우와~, 푸짐하네……."

"오늘 부모님이 늦게 돌아오시거든! 그리고 성장기야!"

"이렇게 먹는데 왜 살이 안 찌는 걸까……."

사쿠라는 도끼눈으로 나를 노려보았다. 이런 사쿠라의 표정은 캐피바라 같아서 참 귀여웠다. 확 먹어버리고 싶을 정도다. 하지만 그렇게 말하면 본인이 시끄럽다며 화를 낼 테니, 그냥 입 다물고 있어야겠다.

"어~, 얼마 전까지 부활동을 했잖아? 지금은 은퇴했지만 말이야."

"아~, 맞아. 나는 달리는 건 무리거든. 피곤해지는 건 힘들어."

사쿠라가 납득한 듯한 투로 그렇게 말하더니, 또 메뉴와 눈싸움을 시작했다.

나 말고 다른 사람들은 메뉴를 고민하고 있는 것 같았으며, 이러니 왠지 내가 이상한 애 같다. 뭐, 좋아. 화장실이라도 다녀와야지.

"아, 나는 화장실 다녀올게~! 다들 정했으면 드링크 바와 일본풍 햄버그 라이스세트로 주문해줘!"

"응~."

사쿠라는 메뉴를 보면서 대충 대답하더니, 한숨을 내쉬었다.

"……하아~. 돈도 안 들고, 노력 안 해도 되는 다이어트법이 어디 없을까."

나는 그런 말도 안 되는 소리를 늘어놓는 사쿠라를 힐끔 쳐다보면서 화장실로 향했다.


　　　＊＊＊


　나는 볼일을 마치고 손을 씻었다. 그리고 거울을 쳐다보며 미소를 지었다. 응. 거울에 비친 내 미소는 평소와 다름없다. 블랙 미미미의 편린은 표정에 드러나지 않은 것 같았다. 나는 그걸 확인하고 안심한 후, 화장실을 나섰다.

　그러자…….

　"아."

　"아."

　나와 같은 타이밍에 화장실을 간 듯한 토모자키와 마주쳤다. 오오, 깜짝 놀랐네. 심장이 뛰었어.

　"아, 안녕."

　토모자키가 약간 더듬거리며 그렇게 말했다. 아까만 해도 브레인은 나카무라 그룹 속에 녹아 들어갔지만, 이렇게 갑작스럽게 마주치니 마음의 준비가 안 된 건지 약간 당황하면서 예전의 약간 믿음직스럽지 못하던 토모자키의 표정이 얼굴에 드러났다. 그런 토모자키를 보자, 나는 왠지 안심되는 느낌이 들었다.

　내가 무슨 말을 할지 생각하고 있을 때, 토모자키가 여유 섞인 표정을 지으며 말했다.

"타마 양은 다른 애들과 잘 지내고 있는 것 같네."

나는 이런 식으로 나보다 먼저 말을 꺼내는 토모자키가 건방지다는 생각이 들었다. 이게 정말~.

게다가 목소리에서도 긴장감이 사라졌으며, 또한 당당해졌다.

왠지 조금 멋있어진 것 같다고나 할까, 아우라가 달라진 것 같네.

아니, 그것보다…….

"맞아~! 아기 새가 완전히 내 품에서 떠나고 말았네요……."

"하하…… 그렇구나."

토모자키는 비꼬는 느낌이 존재하지 않는, 그런 상쾌한 느낌마저 감도는 미소를 머금었다. 토모자키는 여러모로 많이 변한 것 같지만, 내 눈에는 이런 면이 가장 변한 것처럼 느껴졌다. 예전과는 표정이 다르다니깐. 마음의 변화가 얼굴에도 드러난 걸까.

"타마 양은 짧은 사이에 엄청 변했네."

토모자키는 남 일을 이야기하듯 그렇게 말했다. 짧은 사이에 엄청 변한 건 브레인도 마찬가지라고 생각하지만, 나는 말하지 않았다. 토모자키가 노력할 줄 아는 사람이라는 것은 알고 있으며, 그런 걸 이제 와서 말하는 것도 눈치 없는 짓이리라.

그래서 나는 다른 건에 대해 인터뷰를 하기로 했다. 받아라.

"에이, 브레인! 시치미 떼지 말라고요!"

"응?"

나는 이 타이밍에 목소리 톤을 낮췄다.

"……브레인이 타마가 변할 수 있도록 도와줬죠?"

"아…….'"

토모자키는 약간 난처한 표정을 지으며 약간 망설이더니, 곧 체념한 것처럼 고개를 끄덕였다.

"맞아."

"그럴 줄 알았어! 내가 보내준 동영상도 엄청 참고했었잖아!"

그렇다. 내가 토모자키의 말을 듣고 가르쳐준, YouTube의 영상.『얼굴이 큰 거대이!』라는 거다. 타마가 요즘 써먹는『내가 작은 거야!』는 완전히 그걸 베낀 거다.

그게 클래스메이트들에게 먹히는 건, 원래 꽤나 인기를 끌었던 것을 그대로 써먹고 있기 때문이다. 뭐, 본인은 이미 질린 것 같지만 말이다.

"그대로 확 베꼈어요."

토모자키는 익살스러운 느낌으로 말했다.

"역시 그랬군요~! 뭐, 나는 바로 눈치챘지만 말이야~."

"하하, 애초부터 들킬 거라고 생각하긴 했어."

토모자키는 뻔뻔하게 대답하더니, 왠지 개운한 듯한 표정을 지었다. 이 상황에 만족하고 있는 것만 같아 보였다.

하지만 그것도 이해는 됐다.

그렇게 절망적인 상황을 해결할 방법을 생각하고…….

타마와 여러모로 협력하며 그것을 실행에 옮겼으며…….

멋지게 상황을 타개한 것이다.

분명, 진심으로 개운할 것이다.

아마 그것이 토모자키의 강점일 것이다. 자신의 생각을 실행에 옮기고, 자신이 바라던 상황을 실현했으며, 그래서 만족했다.

"……대단하네."

내가 그렇게 말하자, 토모자키는 기쁘다는 듯이 고개를 끄덕였다.

"그래. 설마 타마 양이 그 정도로 멋지게 해낼 거라고는 생각도 못했어."

"그게 아니라…… 물론 타마도 대단하지만, 토모자키도 대단해."

"……뭐? 나?"

"응."

"나는 그저 이러면 좋지 않을까 하고 제안을 했을 뿐인데……."

그래, 브레인은 이렇게 겸손한 애였지.

"그래도 나는 대단하다고 생각해."

내가 고개를 슬며시 돌리며 그렇게 말하자, 토모자키는

멋쩍은 듯한 반응을 보였다. 그렇게, 기묘한 시간이 흘러 갔다.

"그, 그래……? 고마워."

"응."

어라. 이 느낌은 뭐지. 잠깐만 있어 봐. 왠지 거북하거 든? 나, 혹시 실수했나? 어떻게 하면 좋을지 생각하며 서로의 얼굴을 살피다 보니, 또 기묘한 침묵만이 흘렀다.

"……왜 그래?"

"그, 그러는 미미미야말로 왜 그러는데?"

그렇게 영문 모를 이야기를 나눈 나와 토모자키는 서로의 얼굴을 쳐다보며 웃음을 터뜨렸다. 으음, 거북함이나 침묵 같은 건 사라졌지만, 왠지 좀 부끄러워.

으음, 어떻게 할까. 부끄럽기도 하고 왠지 이야기를 다른 데로 돌려야 할 것 같으니까, 전부터 신경 쓰이던 거라도 물어볼까.

"그런데, 대체 어쩌면 그런 걸 할 수 있게 되는 거야?"

"그런 거?"

"으음, 문제를 해결할 방법을 생각하는 힘, 같은 거?"

"……아~."

토모자키는 약간 납득한 것처럼 고개를 끄덕였다.

"요즘 들어 나름대로 단련하고 있는 거야?"

토모자키는 최근에 여러모로 변했다. 그래서 특훈이나 의식 혁명 같은 것을 하면서 문제를 해결하는 힘을 기르고 있는 거라는 게 나의 예상이다.

"으음…… 아마 원래 그럴 거야."

"어, 원래?"

토모자키의 대답은 의외였다. 내가 영문을 모르겠다는 투로 되묻자, 토모자키는 자신이 할 말을 설명했다.

"나는 어패를 비롯해서 이런저런 게임을 한다는 말을 한 적 있지?"

"응."

"뭐랄까, 그런 게임을 플레이하는 것과 비슷한 느낌이랄까……."

"응~?"

나는 토모자키의 말을 이해하지 못했다. 타마의 문제를 해결하는 것과, 어패를 하는 것이 같은 감각?

"그게 무슨 소리야?"

"으음, 뭐라고 말하면 좋을지 모르겠네. 목표가 있고, 거기에 도달하기 위한 길을 찾는 작업 같은 게…… 비슷하다고나 할까……."

"아……."

나는 그 말을 듣고 이해가 됐다. 아주 조금이지만.

나는 토모자키한테서 전에 들었던 말을 떠올렸다.

"1위……였다고 했지?"

"뭐, 그래."

그것은 사실 엄청 대단한 일이겠지만, 토모자키는 약간

멋쩍은 듯이 시선을 돌렸다. 으스대며 자랑해도 될 거라고 생각하는데 말이야.

하지만 역시 이럴 때의 토모자키는 처음으로 이야기를 나눴을 때와 비슷했고, 그래서 하나도 멋지지 않은데도 왠지 안심이 됐다.

"그리고…… 실은 지금도 1위야."

"아, 그, 그래?"

지금은 아닐 거라고 생각한 건 아니지만, 이렇게 지금도 1위라는 말을 들으니 실감이 났다.

일본 1위.

응. 토모자키는 역시 좀 특별하구나.

바로 그때, 마음 한편에 있는 블랙 미미미가 깔깔 웃으며 고개를 내밀었다.

『너는 공부도, 운동도 1위가 되지 못했지? 그러니까 특별한 존재가 못 되는 거야!』

그러자 이번에는 화이트 미미미가 모습을 드러내더니, 나를 감싸줬다.

『하지만 괜찮아. 타마가 말했잖아? 자기한테 있어서는 네가 세계제일의 바보라고 말이야.』

응, 그래.

나는 그 말에 구원받았다.

진짜 바보 같지만, 나는 그런 별것 아닌 말장난 같은 걸 듣고, 자신 또한 누군가에게 도움이 된다고 생각했다.

『타마에게 있어서 세계제일? 그게 뭐 어쨌다는 건데?! 그딴 건 하나도 특별하지 않아!』

『그건 우리가 생각하기에 따라 달라. 특별하다고 생각한다면, 우리는 언제나 특별할 수 있어.』

블랙 미미미와 화이트 미미미가 엄청난 데드히트를 벌였다.

타마에게 있어서 세계제일의 바보…….

나는 다른 사람들과 즐겁게 이야기를 나누고 있는 타마의 미소를 멀리서 쳐다보았다.

내 도움 없이도 분위기에 녹아들 수 있게 된 타마는 내가 화장실에 간 사이에도 즐겁게 웃고 있었다.

나는 화이트 미미미, 블랙 미미미와 함께 그 모습을 쳐다보았다.

그리고 이번에는 화이트나 블랙이 아니라, 나 스스로 이런 생각을 했다.


──아직도 나는, 타마에게 있어서 세계제일의 바보일까.


"미미미?"

"으응?!"

화들짝 정신을 차려보니, 토모자키가 걱정스러운 표정으로 내 얼굴을 쳐다보고 있었다.

"브레인, 왜 그래? 우리는 아무 짓도 안 했어!"

"아, 아니, 너와 나 말고는 아무도 없는데……."

토모자키가 딴죽을 날리자, 나는 가슴에 손을 대며 기도하는 듯한 포즈를 취했다.

"저한테는 제 안의 제가 잔뜩 있어요……."

"뭐, 뭐어?"

토모자키는 영문을 모르겠다는 듯한 표정으로 나를 쳐다보았고, 나 또한 무슨 의미인지 몰랐기에 그의 심정이 이해됐다.

"자아! 빨리 손 씻고 자리로 돌아가자!"

"이미 씻었거든?"

"사소한 건 신경 쓰지 마!"

"사, 사소한 거야……?"

그런 식으로 대화를 억지로 이끌어가며 부정적인 자신을 얼버무린 후, 나와 토모자키는 각자의 자리로 돌아갔다.

으음~. 나, 요즘 좀 이상한 것 같네.

\* \* \*

그 후, 나는 다른 애들과 함께 담소를 나눴다. 토모자키 쪽은 게임을 하거나 동영상을 보기도 했지만, 우리는 그냥 잡담만으로 충분히 시간을 보냈다. 여자애는 수다만으로 얼마든지 시간을 보낼 수 있다는 것을 과시했죠. 그리고 어느새 정신을 차려보니, 시곗바늘이 일곱 시를 가리키고 있었다.

바로 그때, 우리 자리 옆의 창문을 누군가가 두드렸다.

"어라, 아오이다!"

사쿠라가 목소리 톤을 높이며 그렇게 말했다. 창밖을 보니, 육상부 연습을 마친 아오이가 하급생 몇 명과 함께 하교를 하고 있었다.

아오이의 머리카락은 방과 후에 나와 헤어질 때보다 약간 흐트러져 있었으며, 아오이에게 저런 흔적이 남아있는 것을 보면 실은 그 수십 배의 노력을 했을 것이다.

하지만 그 모습을 본 순간, 내 마음속에서는 조바심에 가까운 무언가가 생겨났다.

내가 이렇게 수다를 떨며 시간을 보내고 있을 때, 아오이는 더 높은 경지에 오르기 위한 노력을 하고 있는 것이다.

아마 그것이 아오이가 정말 대단한 여자애인 유일한 이유이며, 아무리 노력해도 어중간하게 흉내 내는 게 한계인 나는 역시 특별해질 수 없다. 어라, 나는 왜 블랙 미미미 같은 생각을 하고 있는 거지.

"아, 그럼 이제 갈까?"

"응! 합류하자!"

사쿠라와 유키가 방긋 웃으면서 그렇게 말했다.

"그러자~!"

타마도 기분 좋은 듯한 어조로 동의했으며, 창밖이라 목소리가 들리지 않을 아오이에게는 제스처로 그걸 전했다.

그때 나카무라 그룹이 우리 쪽으로 오더니, 타케이가 창 밖에 있는 아오이를 향해 손을 흔들었다.

"아오이~!"

유리 너머에 있는 아오이에게 전해질 듯한 큰 목소리로 그렇게 외치자, 아오이는 몸을 웅크리며 즐겁게 웃었다. 그런 표정과 행동은 매우 순수해 보였으며, 아오이의 그런 모습이 내 눈에는 매우 매력적으로 보였다. 그리고 아오이 는 타케이를 향해 마주 손을 흔들었다. 귀엽네.

그리고 다들 계산을 마친 후, 다 같이 아오이 일행과 합 류했다. 바쁘지 않을 때라면 이 인원의 개별 계산에도 대 응해주는 이 패밀리 레스토랑은 학생에게 호의적이라는 생각이 들었다.

\* \* \*

토모자키를 비롯한 남자 넷과 나를 비롯한 여자 넷, 그 리고 아오이와 육상부 후배 다섯 명, 이렇게 총 열네 명이 나 되는 인원이 패밀리 레스토랑에서 역으로 이어지는 하 굣길을 걸었다.

귀여운 육상부 후배들이 평소보다 반짝이는 눈빛으로 타카히로나 슈지와 즐겁게 이야기를 나누는 모습이 왠지 귀여웠다. 동경하는 선배와 이야기를 나누고 있어서 저런 걸까. 어이, 쟤들은 그렇게 대단한 녀석들이 아니라고.

나는 그 모습을 부럽다는 듯이 쳐다보고 있는 타케이를 사쿠라와 유키가 함께 놀리고 있었으며, 아오이는 토모자키와 즐겁게 이야기를 나눴다.

"시끄러워~. 히나미는 상관없잖아."

"에이~. 토모자키 군, 너무해~."

토모자키는 약간 쩔쩔매는 것 같지만, 왠지 저 두 사람은 꽤 가까워 보였다. 아오이가 상대라 긴장한 건지 토모자키는 약간 부자연스러워 보였지만, 다른 사람과 이야기를 나눌 때보다 털털해 보이는 것이 마치 오랫동안 사귄커플 같은 분위기가 느껴졌다.

아오이는 남에게 다가가는 게 능숙하니까, 토모자키도 마음을 허락하고 있는 걸까. 내가 그 모습을 쳐다보고 있을 때, 아오이와 시선이 마주쳤다. 아.

"……아오이, 수고했어~!"

그래서 나는 얼버무리듯 텐션을 끌어올리며, 아오이의 품에 뛰어들었다.

아오이와의 대화가 끊긴 토모자키는 약간 당혹스러워하며 나를 쳐다보았지만, 마침 후배들과의 이야기를 마친 타카히로가 그에게 말을 걸었다. 덕분에 나와 아오이는 단둘만의 시간을 가질 수 있게 됐다. 우후후. 아오이, 즐기자~.

"아, 스톱~. 땀 묻을 거야~."

그렇게 말한 아오이는 내 어깨를 양손으로 밀어내며 내가 안겨드는 것을 회피했다.

"으으, 역시 가드가 철저하네……. 하지만 그래서 더 흥분되는걸."

어디까지나 아까 상황을 무마하려던 행동이었지만, 그래도 아오이에게 안겨들지 못한 건 솔직히 아쉬웠다. 왜냐하면 아오이는 부활동을 마친 후에도 좋은 향기가 나거든.

"아하하. 아쉽게 됐네요~."

아마 육상부 부원 중에서 가장 열심히 연습을 했을 아오이는 분명 육상부 안에서 가장 장난꾸러기인 내 장난에 어울려줬다. 누구보다 피곤할 텐데도 말이다. 노력가이자 귀엽고, 상냥한데도 귀엽다니, 너는 전생에 신이었던 거 아냐? 왠지 더 시도해보고 싶네.

"아무튼 수고했어! 다들 은퇴했는데도 아오이는 계속 훈련을 하는구나. 참 대단해."

"아하하, 고마워."

아오이는 전혀 으스대지 않으며 순진무구하게 웃었다.

"뭐~, 전국대회가 내 목표거든."

"……그렇구나."

그 말이 『한 번 더 전국대회에 진출을』이라는 의미일까. 아니면 『전국대회에서 1등을』이라는 의미일까. 그 말 자체는 양쪽의 의미로 받아들일 수 있지만, 분명 후자일 거라는 생각이 들었다.

"……역시 아오이는 대단해."

"어~?"

아오이는 겸손해하듯, 약간 난처한 듯한 어조로 그렇게 말했다.

"목표, 구나. 그럼 내 목표는 뭘까~?"

"……으음~. 미미미의 목표?"

"응. 왠지 없는 것 같아서 말이야."

내가 가벼운 어조로 고민을 털어놓았다. 그러자 아오이는 진지한 표정을 지으며 고심하더니, 왠지 미안한 듯한 표정을 지었다. 역시 참 좋은 애라니깐.

"나는…… 목표 같은 건 뭐든 상관없다고 생각해."

"뭐든 상관없어?"

아오이가 약간 신경 쓰이는 말을 하자, 나는 그 뒤가 듣고 싶어졌다.

"응. 목표 같은 건 뭐든 상관없고, 중요한 건 그것을 향해 나아가서 그것을 달성했을 때, 『해냈다~』 같은 느낌을 받을 수 있느냐, 라고 생각해."

"아~. 달성감 같은 거야?"

"맞아!"

아오이는 고개를 끄덕였다.

"예를 들면 나는 지금 전국대회를 목표로 삼고 있지만, 딱히 어릴 적부터 쭉 육상을 좋아한 건 아냐. 나는 원래 농구부였잖아."

"맞아!"

"하지만 어쩌다 육상을 시작하게 됐고, 시작했으니 열심히 해서 남보다 잘하게 되고 싶지 뭐야. 그래서 노력을 해 보니, 그 노력도 즐거웠어. 그러니, 아마 목표는 뭐라도 상관없을 거라고 생각해."

나는 그 말을 들으며 감명을 받았다. 아오이가 지금까지 어떻게 해왔는지 알기 때문에, 더욱 감동했다.

"······아오이 선생님, 엄청 납득했사옵니다."

"아하하. 그럼 다행이니라."

그것은 충분히 납득이 되는 말이며, 내가 멋대로 아오이에게 느끼고 있던 열등감이나 질투 같은 것 또한 소화됐다. 응, 역시 아오이는 정말 대단하고, 미워할 수 없으며, 내가 정말 좋아할 뿐만 아니라, 이길 수가 없다니깐.

"선생님, 그럼 겸사겸사 질문을 하나 더 해도 될까요?"

"좋다. 말해보거라."

팔짱을 끼며 콧김을 뿜는 아오이의 모습은 아름다웠으며, 방금 콧김이 흘러나온 두 구멍에 손가락을 쏙 넣고 싶었다. 에잇. 아, 사고 쳤다.

"어이, 학생. 이러지 마."

하지만 아오이는 아슬아슬한 타이밍에 내 손을 딱 잡으면서 막았다. 역시 아오이의 반사신경은 대단했다. 진짜 손도, 발도, 손가락도 쓸 엄두가 나지 않네.

"그런데, 물어보고 싶은 게 뭐야?"

아오이는 약간 어이없다는 듯이 웃으면서 나에게 그렇게 말했다.

"아, 맞다! 여러모로 노력을 해봤지만, 그래도 자기 뜻대로 되지 않았을 때는 어떻게 하면 좋을까?"

"아…… 이해했어."

"뭐~, 아오이는 그런 적이 없을지도 모르지만 말이야~."

내가 아하하~ 하고 웃으면서 그렇게 말하자, 아오이는 당연한 말을 하는 듯한 어조로 뜻밖의 발언을 입에 담았다.

"아, 있거든? 내 뜻대로 안 될 때 말이야."

"정말~?!"

나는 엄청 놀랐다. 적어도 나는 아오이가 뭔가에 실패하는 걸 본 적이 없다.

"응. 있어. 남들 몰래 말이야. 엄청 많아."

"우와~. 엄청 의외야."

나는 놀랐지만, 그래도 잘 생각해보니 납득이 됐다. 이 세상에 실패를 전혀 하지 않는 사람이 있을 리 없다.

"아하하. 뭐~, 그러니까 내 생각은 말이지? 세상일이라는 건 생각대로 안 되는 게 기본이니까, 생각대로 안 되는 것을 전제로 자신의 환경을 만들어야 한다는 거야."

"생각대로 안 되는 것을 전제로……."

그것은 충분히 납득이 되는 의견이다. 현실적이랄까, 그래서 아오이는 전부 뜻대로 잘 되는 것처럼 보이는 것이다.

"응. 예를 들자면 말이지? 실패했을 때의 스트레스 해소법 같은 걸 정해두면, 힘내자는 생각이 드는 거야."

"스트레스 해소법…… 확실히 중요할지도 몰라!"

나는 새로운 발견을 계속했다. 아오이는 내 인생의 스승! 같은 생각도 들었다.

"그런데 아오이는 어떤 식으로 스트레스를 해소해?"

아오이는 내 말을 듣더니 웃음을 흘렸다.

"나는 기록 같은 건 개의치 않으면서 계속 뛰는 것과, 게임, 그리고…… 치즈?"

"아하하, 그럴 줄 알았어."

나는 웃다가 불쑥 이런 생각을 했다.

"……어쩌면 나도 뛰는 걸로 스트레스를 해소했던 걸지도 몰라."

"그렇지? 나도 그렇게 생각해!"

아오이는 힘차게 고개를 끄덕였다. 그리고 불쑥 내 얼굴을 쳐다보았다.

"그러고 보니 곧 송별런을 하겠네."

"아~! 그러고 보니 그런 것도 하지."

나는 그 말을 듣고 떠올렸다.

송별런. 보통 여름 신인전 때 은퇴하는 2학년을, 부에 남아있는 하급생들이 함께 뛰면서 송별하는, 육상부의 전통적인 의식이다.

아오이는 장난기 섞인 톤으로 말했다.

"미미미는 요즘도 연습을 하고 있어? 하급생에게 지면

안 돼."

"마, 맞아……."

은퇴를 하고 아직 많은 시간이 흐르지 않았지만, 늘어질 대로 늘어진 지금 상태에서 하급생과 달린다면 질지도 모른다는 생각이 들었다. 미리 연습해둔다면 절대 지지 않겠지만 말이다.

뭐, 『저희가 있으니 마음 놓고 은퇴하세요』라는 의미의 의식이니까 상급생이 지는 것도 올바르겠지만, 나는 기왕이면 이기고 싶다고 생각하는 타입이다.

아오이는 빙긋 웃으면서 이렇게 말했다.

"아마 나는 너희를 송별하는 쪽일 테니까, 잘 부탁해."

"그럼 이기는 건 글렀잖아!"

아오이가 적으로 돌아설 줄이야. 나는 쓴웃음을 흘리면서도, 아오이와 이야기를 나누는 건 여러모로 자극이 된다는 생각을 했다.

\* \* \*

집에 돌아온 후…….

나는 타마에게 『이거 좀 봐!』라며 인터넷에서 발견한 타마를 닮은 개 사진을 LINE으로 보냈다가 『하나도 안 닮았어』라는 차가운 답장을 받으면서, 이런저런 생각을 했다.

자신의 목표에 대해서.

아오이가 말한 『스트레스 해소법』에 대해서.

그리고, 나는 생각했다.

오래간만에 좀 달려봐야겠다고 말이다.

나는 서랍에 넣어둔 러닝용 바람막이와 나일론 팬츠를 꺼내서 오래간만에 입었다. 응, 이 옷의 감촉을 느끼니, 마치 달리고 있는 듯한 느낌이 들었다.

나는 신발장에 넣어뒀던 러닝슈즈를 꺼내서 신었다. 평범한 신발보다 발에 딱 달라붙는 느낌이 기분 좋았고, 마치 신발과 발이 하나가 된 것처럼 느껴졌다.

나는 밖으로 나갔다. 맨션의 엘리베이터를 내리고 자동문 밖으로 나가자, 어둑어둑해진 기타요노의 주택가가 눈앞에 펼쳐졌다.

나는 오래간만에 뛰는 것이라 정성 들여서 스트레칭을 한 다음, 가슴의 두근거림을 느끼면서 신발 끈을 꼭 묶었다.

도로와 맨션 부지 사이의 조그마한 턱을 과장스러운 점프로 넘은 후, 나는 이 길의 끝을 응시하면서 첫걸음을 내디뎠다.

같은 방향으로 나아가고 있는 이들을 제치며, 나는 서서히 속도를 올렸다.

심장이 서서히 빠르게 뛰는 건, 뛰고 있기 때문만은 아닐 것이다.

나는 쌀쌀한 주택가를 바람막이 차림으로 달렸다.

같은 간격으로 설치된 전봇대의 불빛이 길을 비췄다. 옷자락 사이로 스며들어온 차가운 공기가 몸에서 흘러나온 땀을 기분 좋게 식혀줬다. 심장이 힘차게 뛰더니, 몸의 심부분부터 뜨거워지는 게 느껴졌다. 입에서 흘러나온 숨결은 점점 새하얀 색으로 변해갔다. 나는 그 숨결을 길바닥에 내버려 둔 채, 하염없이 앞으로 나아갔다. 머릿속과 시야가 점점 맑아졌다. 발소리 또한 점점 커졌다. 앞으로 내딛는 걸음이 점점 가벼워지더니, 마치 중력이 없어진 것만 같았다.

발끝으로 지면을 박차고, 또 지면을 박찼다. 줄지어 있는 주택의 커튼 사이로 흘러나오는 빛은 생활감이 느껴지는 것 같아서 좋았다. 약간 지나칠 정도로 화려한 조명 장식에서는 두근거리는 마음이 전해져 오는 것 같아서 좋았다. 어딘가의 환기구에서 흘러나오는 듯한 생선구이 향기가 코끝을 스친 후, 또 겨울의 차가운 향기가 나는 공기가 내 코끝을 식혔다. 사람들이 이 마을에서 살아가고 있다는 것이, 오감을 통해 느껴졌다.

──그러고 보니 요즘 안 뛰었네.

부활동을 은퇴한 후로 달릴 의미와 이유를 잃었던 나는 2년 동안 신세를 졌던 이 스파이크 슈즈 양과 너무나도 간단히 작별했고, 물통과 손목밴드, 그리고 에너지 음료도 필요 없는 생활로 되돌아갔다. 땀방지 스프레이도 청량감을 중시하는 것보다는 여자애다운 향기가 나는 걸로 바뀌었고, 파운데이션도 땀 걱정 안 하며 마음 편히 쓸 수 있는 저렴한 게 아니라, 수분에 약하기는 해도 질감이 좋아서 휴일에 놀러 나갈 때 쓰는 좀 비싼 녀석을 매일 쓰게 됐다.

그리고 그 대신, 달리지도 않게 됐다.

오랫동안 해왔던 것도 관두니 마음이 그것에 간단히 순응한 것 같았으며, 나는 일주일도 채 지나기 전에 부활동이 없는 하루하루에 위화감을 느끼지 않게 됐다.

하지만, 이렇게 뛰어보니 눈치챘다.

원래 아오이를 따라가듯 육상부에 들어간 거지만——나는 의외로 뛰는 것을 좋아하는 걸지도 모르겠다.

마을 안을 한 바퀴 돈 후, 내가 사는 맨션 앞에 도착했다. 하지만 나는 지금 무적이라도 된 건지, 눈에 보이는 빛과 메마른 공기에 몸이 빨려 들어가는 것처럼 쑥쑥 앞으로 나아가는 감각이 너무 기분 좋았다. 이대로 멈춰 설 수 없을 듯한 기분이었다.

좋아~. 한 바퀴 더 뛰어볼까.

그래서 나는 맨션 앞의 지면을 힘차게 박차면서 평소와 전혀 다른 코스로 달려갔다. 정말 즐거워서, 이대로 한국까지 뛰어갈 수 있을 듯한 느낌이 들었다. 한국은 외국 중에서 일본과 가장 가까운 곳이니까, 어쩌면 뛰어갈 수 있을 것 같지 않아?

*　*　*

그러다, 미아가 되고 말았습니다.

엄청 바보 같지만, 완전히 정신이 나갔던 것 같네. 자타 공인 방향치인 내가 이렇게 대충 달리면 이렇게 된다는 것은 알고 있었단 말이죠. 이건 반성 좀 해야 할 것 같군요.

뭐, 하지만 그렇게 늦은 시간도 아니고, 집 인근 역 주위니까 이대로 뛰어간다면 아는 길에 도착할 거야. 편의점이 보이면 길을 물어봐도 될 거잖아. 으음, 눈에 익은 건물은 어디 없나.

그렇게 생각한 내가 쿨다운 삼아 천천히 걷다 보니, 엄청 눈에 익은 건물이 보였다.

으음, 여기는 거기네.

응. 틀림없어.

토모자키의 집이야.

그러고 보니 토모자키의 집은 이 근처에 있었다. 전에 다른 애와 같이 온 적도 있고, 우리 둘 다 기타요노 역 인근에 사는 데다, 역에서 같이 내린 후에도 한동안 같이 걸어가다 헤어졌으니까 어쩌면 이웃사촌일지도 모른다고 생각했다. 그래도 나는 방향치거든. 그래서 정확하게 어디 사는지는 몰랐던 거죠.

나는 아무 생각도 안 하며 멍하니 앞을 바라보다……어, 잠깐만 나 지금 뭐 하고 있는 거야. 혼자서 동급생 남자가 사는 집을 멍하니 쳐다보고 있는 건, 냉정하게 생각해보니 문제의 소지가 있는 행동 아냐?

일전에 토모자키의 집에 놀러갈 때 들렀던 편의점이 이 인근에 있다는 것을 떠올린 나는 그대로 돌아서면서 이 근처를 탐색하기로 했다. 동급생의 집을 계속 쳐다보고 있는 거동수상자가 될 수는 없거든. 편의점은 걸어서 1분 정도 거리에 있었으니까, 토모자키의 집을 중심으로 돌아다니다 보면 찾을 수 있을 것이다.

나는 바람막이의 지퍼를 반쯤 내려서 달아오른 몸을 적당히 식히며, 편의점 불빛을 찾기 위해 주위를 돌아다녔다. 지퍼를 전부 내리기에는 너무 춥지만, 몸이 꽤나 달아오른 탓에 이 정도가 딱 좋았다.

몇 분 정도 걷다 보니, 좀 넓은 차도 건너편에 있는 패밀리마트가 보였다. 좋아. 이제 무사히 집으로 돌아갈 수 있겠네.

나는 도로를 건너기 위해 가까운 횡단보도 앞까지 걸어갔고, 신호가 파란색으로 바뀔 때까지 기다리며 건너편을 쳐다보았다. 바로 그때, 눈에 익은 인물을 발견했다.

으음, 저 애는…….

응. 틀림없어요. 토모자키예요. 브레인이에요.

우연히 마주쳤지만, 집이 가까우니 이런 일이 있을 수도 있을 거야. 비닐봉투를 들고 있는 걸 보면, 저 편의점에서 뭔가를 사서 집으로 돌아가는 길 같았다. 토모자키는 이

횡단보도를 건너지 않고 길을 따라 쭉 나아가려는 것 같았다. 좋아, 그럼 「브레인!」 하고 부르면서 손을 마구 흔들어야겠다고 생각하다—— 위화감을 느꼈다.

어? 옆에 누가 있네?

그 순간, 심장이 뛰었다. 나는 어깨 언저리까지 들어 올렸던 손을 내리면서, 무심결에 신호등 뒤편에 숨었다.

그것도 그럴 것이, 토모자키의 옆에 있는 이는 여자였던 것이다.

어, 어, 뭐야. 지금 밤 아홉 시 즈음이지? 학교에서 돌아오는 길이라기엔 너무 늦은, 그야말로 사적인 시간이다. 그런데 토모자키의 옆에, 여자가……?

이, 이건 대체 어떻게 된 걸까. 특종이에요. 확실히 요즘 들어 브레인은 성격이 밝아지고 친구도 늘어나기는 했지만, 설마 애인까지 만들어버린 걸까요. 이건 진짜 놀라운 일이네요! 그래도 미리 한 마디 해주면 좋았을 거라고요! 아, 그럴 의무는 딱히 없지!

그건 그렇고, 저 여자애는 어디서 본 적이 있는 것 같은 느낌이 들었다. 한순간 토모자키의 옆에 있는 여자애가 아오이나 키쿠치 양일 거라고 생각했지만, 둘 다 아니었다. 그래도 눈에 익었다. 아마, 같은 학교 학생일 것이다. 우리 학교 교복을 입은 모습이 머릿속에 떠올랐으니 틀림없을 것이다. 게다가 체구도 아담할 뿐만 아니라 꽤 귀엽게 생겼다.

게다가 말이죠. 방향치인 제가 착각한 게 아니라면, 저 둘은 토모자키의 집으로 향하고 있는 것 같다고요. 설마 이제부터 둘이서 집에 들어가려는 건…… 우와, 말도 안 돼. 게다가 물건이 잔뜩 들어있는 듯한 비닐봉투를 두 개나 들고 있는데다, 그 안에는 2리터짜리 페트병도 몇 개나 들어있었다. 뭐야. 혹시 저 여자애가 토모자키의 집에서 자고 가는 걸까? 역시 그런 이야기는 들어본 적도 없거든?!

바닥이 무너진 듯한 낙하감이 엄습한 나는 무심코 스마트폰을 꺼내서 토모자키와의 LINE 채팅방에 들어갔다. 놀러 가거나 할 때 연락을 하거나 잡담을 나눈 적밖에 없지만, 그래도 직접 물어보고 싶다는 충동에 휩싸였다.

나는 『지금 집근처 편의점에 갔었어? (웃음)』이나 『브레인! 나는 보고 말았어요!!!』, 『너무해…. 나는 그냥 가지고 논 거였구나…』 같은 문장을 입력했다가 지우기를 반복했다. 나, 왜 이렇게 동요한 거지.

하지만 이 시간이 같이 있는 걸 보면, 이미 가족에게 소개를 한 걸까. 그건 정말 놀랍지만…… 어? 잠깐만. 가족? 가족…….

"……아."

생각났다.

으음, 시끄럽게 해서 죄송합니다. 이제 뭐가 어떻게 된 건지 알겠네.

저 애, 여동생이야.

뭐야. 그렇게 된 거구나. 하긴, 토모자키가 이런 시간에 여자애를 데리고 돌아다닐 리가 없잖아. 응응.

……있을 수 없는 일, 맞지?

아니, 나는 충분히 가능한 일이라고 생각하기 때문에 깜짝 놀란 것이다. 그래. 맞아. 나는 실감했다. 토모자키는 엄청난 속도로 변하고 있으니, 그의 옆에 여자애가 있어도 전혀 이상할 게 없다.

아무튼 나는 토모자키의 옆에 있던 여자애가 여동생이라서 다행이라 생각하며 채팅창에 입력하던 『토모자키 선수! 질문이 있습니다!』라는 문장을 지웠다. 그리고 생각에 잠겨 있던 사이에 파란색이 되었다가 다시 빨간색이 된 신호가 다시 파란색으로 바뀔 때까지 기다렸다.

아니, 대체 뭐가 다행이라는 거지. 만약 토모자키에게 애인이 생기더라도 그건 어디까지나 좋은 일이며, 나에게는 이런저런 소리를 할 권리가 없다. 하지만 자신은 전혀 변하지 않는 사이 얼마 전까지만 해도 엄청 어둡던 토모자키가 점점 변해가는 모습을 보니, 초조함이랄까 쓸쓸함 같은 게 느껴진 것 같았다. ……응, 틀림없어.

아, 정말 뭐야! 오래간만에 뛴 덕분에 개운해졌던 마음에 또 응어리가 생겼잖아!

* * *

이런저런 일 끝에 도착한 편의점의 직원에게 길을 물어본 나는 무사히 집에 도착했다. 스마트폰을 조작하며 길을 걷다 보니 지도 어플리케이션을 쓰면 됐다는 생각이 들었지만, 방향치인 나는 지도를 보면서 반대 방향으로 걸어간 적도 있다. 그냥 사람의 인정미의 위대함을 느낄 수 있어서 좋았다고 생각하기로 했다.

자아, 그럼 땀을 씻기 위해 목욕이라도 하기로 할까. 나는 철두철미한 여자라, 러닝을 하러 가기 전에 욕실 욕조에 뜨거운 물을 받아뒀다.

현관에서 침실로 향한 나는 흰색 실내복을 꺼낸 다음, 그대로 탈의실로 향했다. 그러자 거실 쪽에서 어머니의 목소리가 들렸다.

"미~, 목욕할 거니?"

고개를 돌려보니, 일을 마치고 돌아온 어머니가 거실 소파에서 축 늘어진 채로 어른스러운 향수 향기를 발산하고 있었다. 어머니는 백화점의 화장품 매장에서 일하고 있으며, 화장과 헤어스타일도 세련됐으며, 항상 정장을 깔끔하게 차려입었다.

옛날부터 바빠서 수업 참관에도 거의 오지 못했지만, 클래스메이트들에게 자랑하고 싶을 만큼 멋지고 자랑스러운 어머니다.

"응. 먼저 씻을래?"

내가 묻자, 어머니는 나를 쳐다보지도 않으며 왼손을 흔들어댔다. 검지에 낀 반지에 박힌 검은색 보석이 고급스럽게 빛을 반사했다.

"아냐. 좀 쉰 다음에 씻을래."

"응~. 그래도 소파에서 자지는 마."

엄마는 내 말을 듣고 나를 향해 고개를 돌리더니, 피로가 묻어나는 듯한 미소를 지었다.

"……노력해볼게."

"아하하. 방심은 못 하겠네."

"하하."

엄마의 미소는 약간 남자다운 느낌이며, 하루하루를 열심히 살아가는 엄마에게 참 잘 어울렸다. 마음이 따뜻해진 나는 그대로 탈의실에 들어갔다.

땀에 젖은 셔츠와 속옷을 세탁 광주리에 넣고 욕실에 들어가 보니, 바닥에 깔린 목욕 매트가 좀 더럽다는 것을 눈치챘다. 나는 그것도 세탁 광주리에 넣은 다음, 새 매트를 깔았다. 나는 폭신폭신한 목욕 매트의 감촉을 발바닥으로 느끼면서 머리카락을 묶은 헤어밴드를 벗었고, 그것을 손목에 차면서 욕실에 들어갔다.

옷을 벗기 전에 켜둔 샤워기의 물줄기에 손가락을 대봤다. 응, 온수가 나오네. 나는 휘이~ 하고 말하며 샤워를 시작했다. 몸에 들러붙어 있던 피로가 씻겨나가면서, 나는 깨끗하게 다시 태어났다. 응. 역시 러닝을 한 다음에 하는 샤워는 기분이 좋아.

김이 어린 거울에 샤워기의 물줄기를 뿌리자, 순식간에 깨끗해지면서 온몸이 그 거울에 비쳤다.

"……으음~."

나는 뭔가를 확인하듯 몸을 돌려보며 곳곳을 살펴봤고, 뒤돌아선 상태에서 고개를 돌려 거울을 쳐다보기도 했다.

얼마 전까지 약간 탄 자국이 남아있던 피부도 깨끗해졌고, 근육이 약간 붙은 새하얀 피부의 곡선이 눈에 들어왔다. 내가 오른손으로 왼팔을 만져보니, 사방으로 튄 물방울이 욕실의 바닥에 떨어졌다.

"그렇게 나쁜 편은 아니라고 생각하는데……."

나는 그런 말을 중얼거렸다.

하지만, 뭐라고 말하면 좋을까.

자연스러운 느낌의 화장과 몸매를 부각하는 속옷, 그리고 여고생에게 있어 최고의 무기인 교복을 전부 벗어 던진 자기 자신과 대치하면, 때때로 이런 생각이 들었다.

나는 아마도, 나 자신을 그다지 좋아하지 않는다.

이제 와서 중2병이 걸리거나, 자학적인 게 아니라, 만연하게 그렇게 생각할 뿐이다.

부활동을 열심히 하고, 학교 성적도 잘 받았으며, 남들 앞에서 밝게 행동하며 분위기를 띄웠다. 그래서 남들에게 칭찬을 받은 적도 있다. 아니, 그 덕분에 꽤 칭찬을 받은 편이라고 생각한다.

하지만 마음 한편에 들러붙어서 사라지지 않는 것은, 결국 나는 그 무엇도 아니라고 하는 체념 어린 생각이었다.

철사로 만든 안이 텅 빈 인형을, 남에게 칭찬받기 위한 장식으로 감싸고 있을 뿐이다. 내가 예쁘게 꾸민 나를, 남들이 칭찬해준다. 하지만 나 자신이 칭찬을 받은 듯한 느낌이 들지는 않았다. 하지만 칭찬을 받고 기쁠 때도 있기에, 자기 자신을 알지 못하면서도 자신을 꾸미는데 힘을 쏟는 자기 자신이 한심하게 느껴졌다. 아마 십 년 이상 전에는 느끼고 있었을, 자기 자신을 좋아한다는 그 당연한 감각이 불가사의하게도 전부 바닥나버렸으며, 고등학교 2학년이 된 자신에게는 남아 있지 않다. 그저 반쯤 버릇에 가까운 느낌으로, 계속 자기 자신을 꾸미고 있는 것이다.

거울 앞에 있는 실오라기 하나 걸치지 않은 나. 나이에 비해 꽤 큰 편인 가슴을 양손으로 움켜쥐어본 후, 그래서 그게 뭐 어땠다는 건데, 같은 느낌을 받으며 손을 뗐다. 외모에 자신이 없는 건 아니다. 아니, 꽤 자신이 있다. 하지만 티끌 하나 없는 피부와 볼륨감 있는 몸매, 그것이 자신의 가치라면, 나는 이제부터 나이가 들수록 점점 가치를 잃어갈 것이며, 그것을 생각만 해도 숨이 막혔다. 어떻게 하면 이 텅 빈 몸뚱이 안을 내용물로 가득 채울 수 있을까. 알 수 없다. 그저 그런 공포를 찬란한 허식으로 메울 뿐인

하루하루를, 쉬이 상상할 수 있었다.

자신을 꾸미지 않으며 당당히 존재하는, 그런 강한 사람……. 어떻게 하면 그렇게 될 수 있을까.

머릿속에 타마와 토모자키의 얼굴이 떠올랐다.

심장이 옥죄어들더니, 차가운 무언가가 몸을 타고 흘러내리는 듯한 느낌이 엄습했다.

아니…….

"꺄앗?!"

비유가 아니라, 물리적으로 차가운 무언가가 몸에 쏟아졌다. 샤워기의 물줄기가 찬물로 바뀌더니, 내 생각을 전부 날려버리려는 것처럼 온몸에 흩뿌려졌다.

하아, 정말. 요즘 들어 자주 이런다니깐. 그래서 미리 확인한 건데 말이야.

나는 찬물에 질책을 당한 듯한 느낌을 받으며 부정적인 생각을 중단했다. 하아, 이 샤워기 님한테 화를 내야 할지 고마워해야 할지 모르겠다.

나는 샤워기에 복잡한 감정을 품으면서 얼굴과 머리와 몸을 씻은 후, 또 혼잣말을 중얼거리면서 욕조 안에 들어갔다.

\* \* \*

내가 욕실에서 나와 보니, 내 예상대로 엄마는 소파에서

숙면을 취하고 있었다.

하아, 멋진 건지 꼴사나운 건지 모르겠네.

"엄마~. 일어나."

"……으응."

엄마는 잠이 덜 깬 듯한 표정으로 눈을 비볐다. 아아~, 마스카라가 번지면서 눈 주위가 까맣게 변했다. 이렇게 스위치 오프가 되면 완전히 늘어지는 것이, 언제나 멋진 우리 엄마의 나쁜 버릇이다.

"정말~, 빨리 목욕해~."

"으응…… 알았어."

엄마는 판다 같은 눈으로 내 얼굴을 뚫어지게 쳐다보더니, 고개를 갸웃거렸다.

"미~, 혹시 무슨 일이 있었어?"

"응? 그게 무슨 소리야?"

"으음~, 왠지 표정이 슬퍼 보여서 말이야. 혹시 내 착각이야?"

나는 화들짝 놀랐다. 엄마는 평소에 이런 말을 하지 않는다. 하지만 내가 이런저런 고민을 하고 있을 때면 꼭 눈치를 채는 것이다. 역시 엄마는 당할 수가 없네.

"으음…… 실은 무슨 일이 있긴 해."

"흐음?"

그리고 엄마는 내 얼굴을 또 뚫어지게 쳐다보았다. 캐묻지는 않고, 그저 지켜보기만 하는 듯한 시선이다. 나는 약

한 소리를 할 뻔했지만, 곧 혼자서 힘내보고 싶다는 생각
이 들었다.

"으음. 하지만 혼자서 어떻게든 해볼게."

"……그래?"

내 말을 들은 엄마가 자리에서 일어나더니, 옷장에서 잠
옷을 꺼냈다. 그리고 지친 듯한 발걸음으로 탈의실을 향해
걸어갔다.

그러던 엄마가 탈의실로 향하던 도중에 멈춰서더니, 머
리를 긁적이면서 나를 돌아보았다.

"하지만, 미~. 이건 기억해두렴."

"응?"

"이런저런 일을 참는 건 정말 대단한 거라고 생각한단다."

엄마는 좀 멋쩍은 듯한 눈길로 나를 쳐다보며 말을 이
었다.

"……자기만 참으면 일이 잘 풀릴 때가 있기도 하잖니?"

"으음…… 맞아."

분위기가 이상해지려고 할 때, 억지로 자신의 뜻을 꺾으
면서 상황을 수습한다. 피곤하지만 그러는 편이 여러모로
나을 것 같았기에, 자신이 손해를 보려고 한다.

나는 그런 적이 꽤 있다고 생각한다.

"응. 그렇지? ……하지만 말이야."

엄마는 천천히, 어려운 것을 가르쳐주듯…….

"그건 바로── 일이 잘 풀리지 않는다는 거란다."

그 말에 꽤나 수긍한 나는 그렇구나, 하고 말하며 납득했다.

"이건 판매 주임인 내가 경험에서 우러난 조언이야."

그리고 장난스럽게 윙크를 한 엄마는 좀 바보 같아 보였지만, 나는 엄마의 이런 면을 닮았다는 생각이 들었다. 응. 닮아서 다행이야.

"역시 엄마는 대단해."

내가 솔직한 감상을 담아서 그렇게 말하자, 엄마는 의기양양하게 웃었다.

"그렇지? 그렇지?"

"그래도 오버하지 마."

나는 쓴웃음을 머금었지만, 그래도 왠지 기뻤다.

"하지만, 내 얼굴을 보기만 해도 다 아네."

엄마는 내 말을 듣더니, 처음으로 시선을 피했다.

"아~, 그, 그래?"

어라? 왠지 이상했다.

"……혹시, 숨기는 거라도 있어?"

내가 그렇게 말하자, 엄마는 들켰다! 하고 말하는 듯한 표정을 지었다. 정말 알기 쉬운 어른이다.

"……왜 그래?"

"그게 말이지……."

"응."

"실은 욕실에서 네가 하는 혼잣말이 들렸거든……."

"아~, 그게 들렸구나……."

"그래서 무슨 일 있나 보네~ 하고 생각했어. 하지만 얼굴을 보고 알았다는 편이 왠지 부모답고 멋지지 않아?"

그렇게 말하는 엄마의 모습은 정말 미워할 수가 없었다.

"괜히 감동했네……."

"무슨 소리를 하는 거야! 이런 허세도 판매업을 할 때는 정말 중요하단 말이야!"

"왠지 의미심장한 것 같기도 하고, 아닌 것 같기도 하네……."

하지만 왠지 구원받은 듯한 느낌이 들었기에, 불평을 할 수가 없었다.

엄마는 헤헷 하고 어린애처럼 웃었다.

"뭐, 그러니까 고민이 있으면 일단 아무 생각도 하지 말고 좋아하는 일을 열심히 해봐! 그럼 나는 목욕하러 갈게! 졸리기도 하거든."

엄마는 그렇게 말하면서 욕실에 들어갔다. 그리고 몇 분후, 콧노래 소리가 들렸다. 응, 다 들리네.

좋아하는 일…….

그렇다면, 그건 아마도——.

＊＊＊

그리고, 나는 그 후로 학교에서 돌아온 후에 매일 달리게 됐다.

지금의 내가 좋아하는 것은 바로 달리기니까 말이다.

아오이가 말했던 것처럼, 일단 목표도 세웠다.

송별런 때, 자체 최고기록을 세우고 싶다.

나는 높이뛰기가 전문이기 때문에, 최소한의 달리기 연습을 해도 스피드에 특화된 연습은 거의 하지 않았다. 그러니 이제부터라도 단거리에 전념해 연습한다면, 자체 최고기록을 경신할 수 있을 것 같은 느낌이 들었다. 나는 높이뛰기 전문이지만 육상부 안에서 꽤 빠른 편이니까 말이야. 아오이에게는 이기지 못했지만 말이다.

게다가 새롭게 알게 된 것도 있다.

어제 혼자서 마을을 뛰었을 때, 달리는 게 너무 기분이 좋아서 달리기 자체에 빨려드는 느낌이 들었다. 지금 생각해보니, 그때 꽤 속도가 나고 있었던 것 같은 느낌이 들었다. 뇌가 달리는 것에 집중하면서 감각이 날카로워졌고, 그에 따라 폼이 깔끔해지는 정도가 아니라 완벽해져서 속도가 난 거라고 생각한다. 트랜스 상태 같은 걸까. 그것도 미미한 차이겠지만, 그래도 그것이 가능해진다면 송별런에서 자체 최고기록을 낼 수 있을 것이다.

"……좋아."

그리하여 나는 오늘도 열심히 뛰었다.

나는 아오이를 질투한 나머지, 부활동을 관두려고 한 적도 있지만…….

그래도 육상이, 달리는 게, 역시 좋았다.

그럼 응어리 같은 건 뛰고 또 뛰어서 전부 떨쳐내 주겠다. 송별런에서 최고기록을 내서, 나를 쫓아오던 응어리를 전부 떨쳐내며 쑥쑥 나아가서……

그대로 어딘가 먼 곳까지 가주겠다.

　　　　* * *

그리고 며칠 후, 육상부의 송별런 날이 되었다.

"달려라, 달려~!"

"오~, 니시무라는 꽤 빨라졌네~."

우리 2학년 두 명과 1학년 두 명, 총 네 명이 100미터 달리기를 했다. 이미 몇조는 달리기를 마쳤으며, 2학년은 승리와 패배를 반복하고 있었다.

"수고하셨습니다!"

"아하하, 겨우 이겼네."

"역시 대단하세요……."

그런 식으로 송별런이 계속됐다. 1학년들과 함께 100미터 떨어진 곳에 있는 골 지점까지 뛰어간 2학년은 육상부 부원이라는 직함을 거기에 둔 후, 수험을 앞둔 고등학생으로서 되돌아온다. 저기까지 뛰어가고 나면, 육상부 부원으로서 되돌아올 수는 없는 것이다.

"자아~, 다음이 마지막이네~."

그리고, 나는 어렴풋이 눈치챘다.

현재 부원은 총 스물여섯 명이다.

그리고 네 명씩 달리면, 마지막에는 두 명만 남는다.

그렇게 됐을 때, 함께 뛰는 그룹을 정하는 선생님과 하급생들이 어떤 대진 카드를 바랄까.

육상부의 고문인 야스오카 선생님이 마지막까지 남은 두 사람을 호명했다.

"히나미~, 그리고 나나미!"

"예!"

"와우~! 이건 끝내주는 대결이네!"

나는 익살스럽게 대답을 하면서도, 마음 한편으로 긴장감을 느꼈다.

아오이와의 정면 대결.

지금까지 각자의 기록을 비교하거나, 대회 결과를 비교한 적은 있다. 그런 식의 간접적인 대결은 실컷 했지만, 전문 종목이 달라지면서 이렇게 같은 트랙에서 1대1로 승부를 하는 건 정말 오래간만이었다.

이것이 마지막, 1대1 승부인 것이다.

"좋아~! 절대 안 질 거야~!"

나는 나 스스로를 독려하듯 장난스러운 어조로 그렇게 말하며, 아오이를 향해 주먹을 내밀었다.

"바라던 바야."

그리고 자신만만한 미소를 지은 아오이가 내 주먹에 자

신의 주먹을 맞댔다. 아오이는 평소에 상냥하지만, 이런 식으로 승부를 겨룰 때 봐주지 않는다는 걸 나는 누구보다 잘 알고 있다.

흥분보다 불안이 컸다. 하지만 이게 기회라는 생각 또한 들었다.

부원들이 흥분에 휩싸였다. 그럴 만도 했다. 육상부의 절대 무적 에이스인 아오이, 그리고 아오이를 제외하면 가장 좋은 기록을 내는 내가 대결을 펼치니까 말이다. 내 입으로 이런 말을 하는 건 좀 그렇지만, 육상부 생활을 장식하는 마지막 축제로, 이것보다 좋은 카드는 없을 것이다.

"미미미~! 선거 때 복수를 하는 거야!"

그 악의 없는 한 마디가 내 가슴을 옥죄어들게 했다. 아오이한테는 다양한 방면으로 졌다. 공부로도, 부활동으로도, 약간 신경 쓰이는 사람과의 거리감 같은 걸로도, 희미하게 열등감을 품고 있었다.

──그래서, 내 마음은 불타오르고 있었다.

나와 아오이는 트랙의 출발지점에 섰다.

"그럼──."

왜냐하면, 나는…….

"준비!"

──지는 걸 싫어한다.

"시작!"

우리는 전혀 봐주지 않겠다는 듯이, 전력을 다해 스타트
했다.

스타트는 거의 대등했다. 굳이 따지자면 내가 약간 빨랐
다. 순발력과 반사 신경에는 자신이 있지만, 지금 약간 앞
서나가고 있다 해서 방심할 수는 없다. 왜냐하면 상대는
아오이인 것이다.

등 뒤에서 아오이의 기척이 느껴졌다. 같은 간격으로 새
겨지고 있는 날카로운 발소리는 나를 제칠 기회를 엿보고
있는 것 같았다.

기척이 느껴지지만, 나는 나 자신의 달리기에 집중했다.

그 감각. 앞으로 쑥쑥 빨려 들어가는 듯한 느낌이 들던,
그 세계.

아직, 그 세계에 접어들지는 않았다.

마음이 점점 초조해졌다.

아마 이대로 가다간, 내 리듬이 무너진 순간에 아오이에
게 추월당할 것이다.

그리고 그 감각에 접어들지 못한다면, 나는 등에 들러붙

어 있는 패배의 기척에 사로잡힌 나머지, 리듬이 무너지고
말 것이다.

　나는 마을을 달릴 때의 나 자신을 떠올렸다.
　그때 느낀 것은 지고 싶지 않다는 감정이 아니다.
　달리는 게 즐겁다는 감정, 그리고 자체 최고기록을 경신
하고 싶다는 심정이었다.
　그때 심정으로 달린다면——.

　나는 생각을 바꿨다.
　지금 목표는 아오이에게서 도망치는 게 아니다.
　지금, 이 순간을 즐기며, 내 최고의 속도를 내는 것이다.
　아오이가 새기는 발소리를 듣는 게 아니다.
　자신의 발소리에 집중해야 한다.

　나는 생각을 바꿨다.
　점점 감각이 날카로워졌다.
　앞으로 빨려 들어가는 듯한, 그 감각이 서서히 다가오고
있었다.

　아오이 때문에 고민하고 있을 때, 토모자키에게 들은 말
이 있다.
　1위를 목표로 삼는 게 아니라, 자기 자신이 성장하는 것

만으로는 안 되느냐.

남에게 지지 않는 게 아니라, 자기 자신에게 지지 않는 것만으로는 안 되느냐.

그때 나는 그것만으로는 안 된다고 말했지만…… 그래. 이제 이해가 될 것 같았다.

나는 그러는 편이 더 빨리 뛸 수 있어!

골까지 이제 십여 미터만 남았다. 내 앞에는 아무도 없다. 몸이 가벼워졌다. 발소리 또한 가벼워졌다.
바람도, 성원도 전부 찢어발기듯, 나는 더욱 가속했다.
앞으로 쑥쑥 나아갔다. 고민을 떨쳐냈다. 망설임을 쫓아냈다.
나만이 존재하는 세계에서, 나는 즐겁게 달렸다.

그리고 정신을 차려보니, 나는 **내 몸으로**, 골 테이프를 끊었다.

아오이에게, 이긴 것이다.

코스에서 몇 미터 더 나아가서 뒤를 돌아보니, 아오이가 무릎을 짚은 채 분한 듯한, 그리고 놀란 듯한 표정으로 나를 쳐다보았다.

한동안 기다려도 아오이는 아무 말도 하지 않았다. 그래서 나는 이런 말을 입에 담았다.

"하아…… 하아……. 헤헤, 내가 이겼어……!"

아오이는 내 말을 듣더니 거친 숨을 내쉬면서도 입술을 삐죽 내밀었다. 그리고 귀엽게 질투하는 듯한 어조로 이렇게 말했다.

"한 번 더 해!"

나는 그 말을 듣고 웃음을 터뜨렸다. 아오이는 분한지 눈썹을 찌푸리며 나를 쳐다보고 있었다.

어라, 아오이가 평소와 다른 모습을 보이네. 그래도 꽤 귀여운걸?

"미미미, 엄청 빠르네! 분해! 그러니까 한 번 더 붙자!"

아오이가 평소보다 더 귀여운 목소리로 그렇게 말했지만, 나는 그 말에 이런 식으로 답했다.

"싫어요~! 또 붙으면 100퍼센트 질 거니까, 다시는 안 붙을 거예요~!"

"야, 약았어."

그리고 나는 양손을 치켜들며 승리를 어필한 후, 스타트 지점을 향해 걸어갔다. 부원들은 이 의외의 결과를 보며 환성을 질렀다. 나는 일약 스타가 된 느낌을 받았다.

그리고 뒤를 돌아보니, 분한 듯한 표정을 지은 아오이가 평소보다 더 귀여워 보였다. 그래서 나는 본능에 따라 행동했다.

"꺄앗?!"

빈틈투성이인 아오이에게는 일전에 실패했던 안겨들기 공격이 깔끔하게 통했고, 나는 아오이의 부드러운 몸과 좋은 향기를 실컷 즐겼다.

"앗! 이게 무슨 짓이야?!"

"승자의 포상이에요~."

"흥! 이번에만 졌을 뿐이거든? 1학년 때 승부까지 통틀면 내 4승 1패야. 아쉽게 됐네요."

"그런 건 아무 상관없거든~?!"

나는 바보 같은 소리를 했지만, 실제로 바보다.

왜냐하면, 겨우 이런 일로 내 마음은 신기할 정도로 가벼워졌으며, 나 자신이 자랑스럽게 여겨졌다.

하늘은 맑고 푸르렀다.

이 추운 겨울의 공기를 가르며 쏟아지는 햇볕이 따뜻했다.

내가 골에 두고 온 것은 육상부 부원이라는 직함, 그리고 내 마음속 어딘가에 존재하던 고민과 망설임일 것이다.

응. 역시 나는 달리는 걸 좋아해.

바람이 불었다. 문득, 골 지점을 쳐다보았다.

그곳에는 내가 방금 끊었던 골 테이프가 바닥에 떨어진 채, 바람에 펄럭이고 있었다.

The Low Tier Character
"TOMOZAKI-kun";

8 그녀와 교자

기타요노 역. 중화 요릿집 『교자의 만주』.

나는 토모자키와 단둘이서 이곳에 왔다.

"으음~. 왠지 납득이 안 되네……."

그리고 나, 나나미 미나미는 현재 불만을 느끼고 있답니다.

왜냐하면 토모자키가 당연한 듯이 라면을 한 입 준다더니, 전혀 개의치 않은 척하거든. 나도 딱히 신경을 쓰고 있는 건 아니지만, 토모자키라면 이런 걸 엄청 신경 쓸 것 같은 이미지잖아? 그래서 납득이 안 된다는 거예요.

토모자키는 「뭐, 뭐가 말이야?」 하고 말하면서 내 얼굴을 살폈다. 으음, 좋아. 그럼 난처하게 만들어줘야겠네. 이게 저 나름의 복수란 거예요.

그래서 나는 눈앞의 접시에 있는 내 교자를 젓가락으로 움켜잡았다.

"저기! 토모자키."

그리고 당연한 듯이, 토모자키를 향해 그 교자를 내밀었다.

"나도 한 입 줄게."

"어……."

토모자키는 아까와 다르게 엄청 당황했고, 나는 젓가락으로 쥔 교자를 그의 입을 향해 내밀었다. 토모자키는 교자와 내 얼굴을 번갈아 쳐다보며 당황했다.

아, 큰일 났네. 이거, 좀 재미있어.

"어머~, 왜 그래?"

나는 토모자키를 놀리는 느낌으로 그렇게 말했다. 그러자 토모자키는 눈이 팽팽 도는 듯한 반응을 보였고, 나는 그 모습을 보며 즐거워했다. 좋아~, 더 놀려야지.

"자."

나는 토모자키의 입을 향해 교자를 더욱 내밀었다. 어라. 차분하게 생각해보니 이건 꽤나 부끄러운 짓이잖아, 같은 생각을 하면 지는 거야. 나는 토모자키의 눈을 지그시 응시했고, 그랬더니 더욱 부끄러워졌다. 어라. 나, 원래 이럴 생각은 아니었는데 말이야. 어떻게 하지?

뭐, 그래도 상대가 토모자키라면 괜찮겠지. 요즘 들어 건방지게도 꽤 멋있어지기는 했지만, 그래도 이 교자를 먹을 용기는 없을──.

──줄 알았는데 말이다.

토모자키는 결의에 찬 표정을 짓더니, 그 교자를 먹었다. 어, 뭐야. 토모자키라면 「이, 이건 아~ 같은 거 아냐……?」 같은 소리를 하면서 엄청 당황할 줄 알았단 말이야. 그래서 내 승리로 끝날 줄 알았는데…….

그리고 토모자키는 나를 똑바로 쳐다보았다. 나는 그런 토모자키의 행동에 놀라면서, 그를 마주 응시했다. 으음, 내가 어떻게 하면 좋을까?

그리고 몇 초 후…….

나는 너무 부끄러운 나머지, 토모자키보다 먼저 시선을

피하고 말았다. 잠깐만, 이상하잖아. 왜 이렇게 되는 건데? 애초에 교자를 내민 사람은 나인데, 그걸 아무렇지 않은 듯이 먹는 것도 이상하지 않아? 토모자키답지 않은 행동이거든?!

"뭔가 좀 이상해!"

그래서 나는 이의를 제기하면서 물수건을 토모자키 쪽으로 던졌다.

"어? 왜, 왜 그래?!"

그리고 나는 화풀이 삼아 음식을 마구 먹어댔다. 토모자키 따위는 확 무시하고 교자나 먹을 거야. 냠냠. 내가 토모자키를 힐끔 쳐다보니, 그는 얼이 나간 듯한 표정으로 나를 쳐다보았다. 흥. 꼴좋다~.

──하지만 잠시 후, 토모자키는 엄청난 속도로 라면을 먹기 시작했다.

어, 뭐야.

왜 저러는 거지?

"……왜 토모자키도 속도를 높이는 거야?"

"응? ……아, 딱히 이유는 없는데…….."

내가 묻자, 토모자키는 난처하다는 듯이 평소와 다른 없는 분위기로 그렇게 말했다.

나는 그 거짓이 섞이지 않은 솔직한 목소리를 듣고, 왠지 안심이 됐다.

토모자키의 당황한 표정을 보니, 자연스레 웃음이 샘솟

았다. 때때로 멋있어지거나, 과감하게 행동할 때도 있지만, 느닷없이 평소 모습으로 되돌아올 때도 있다.

하지만 그런 면이 토모자키답다는 느낌이 들었다.

"──역시 토모자키는 이상해."

"……뭐?"

내 말을 듣고 토모자키는 또 당황했지만…… 뭐, 괜찮아요. 이 심약한 히어로는 때때로 믿음직하지 못할 때도 있지만, 그래도 정말 재미있으니까 말이야!

The Low Tier Character
"TOMOZAKI-kun";

9 드링크 온
논알코올

여름방학 막바지의, 어느 맑은 날의 점심때.

"그럼 타카히로. 오늘도 부탁해."

미즈사와 타카히로의 형인 유지가 동생의 어깨를 두드렸다.

"알았어. 그럼 평소와 같은 시간대에 가면 되지?"

타카히로는 유지를 힐끔 쳐다본 후, 다시 스마트폰을 향해 고개를 돌리며 그렇게 대답했다.

"그래. 여섯 시 반부터야."

"오케이~. 하아, 대체 언제까지 일손 부족이 이어지는 거냐고."

타카히로는 푸념을 늘어놓듯 그렇게 말했다.

"오늘은 유미코 양이 올 거야~."

대충 세팅한 애시그레이 색깔 머리카락이 인상적인 유지는 그 머리카락을 가다듬으면서 그렇게 말했다. 그 손가락 끝에 닿은 은색의 심플한 피어스가 흔들렸다.

"그렇게 된 거냐……."

타카히로는 한숨을 내쉬었다.

"뭐, 돈 때문이라고 생각해."

"그건 괜찮은데…… 나는 고등학생이거든?"

타카히로가 한쪽 눈을 살짝 치켜뜨면서 그렇게 말하자, 유지는 씨익 웃었다.

"뭘 모르네. 그래서 좋은 거야."

"변태네."

타카히로는 그렇게 말하며 웃음을 터뜨렸다.

"그럼 잘 부탁해! 아, 머리카락 세팅은 깔끔하게 하고 와."

"알았어~."

"그럼 좋아. 그럼 이 형님은 낮장사를 하러 간다~."

"응. 잘 가."

"그래~."

유지는 느긋한 어조로 그렇게 말하며 현관으로 향하더니, 아끼는 붉은색 에어맥스를 신고, 자기가 일하는 미용실로 향했다.

"……뭐, 즐거우니 됐어."

타카히로는 작은 목소리로 그렇게 중얼거리더니, 쌓여 있던 LINE 메시지에 답장을 했다.

＊＊＊

같은 날, 시부야.

나리타 츠구미, 통칭 구미는 학교 친구인 마미야 요코, 후지이 히토미와 셋이서 쇼핑을 하고 있었다.

"아~, 이거 귀엽네!"

"아하하, 요코가 좋아할 것 같네~."

츠구미는 요코가 손에 쥔 셔츠의 목덜미 부분을 움켜쥐면서 그렇게 말했다.

그녀들은 109과 히카리에 쇼핑몰, 마크시티 등을 둘러

본 후, ZARA와 Bershka, H&M 등의 외국 패스트패션 브랜드샵도 둘러보고 있었다.

올해부터 고등학생이니 조금 어른스러워지고 싶다는 생각을 가진 그녀들은 유니클로나 GU 같은 국내 샵이 아니라 해외 샵을 즐겨 찾았다.

"역시 데이트 때는 이런 걸 입고 싶네."

"요코. 현실을 생각해. 아직 애인이 없잖아."

"시끄러워! 슬슬 생길 거란 말이야!"

요코는 히토미의 신랄한 말에 딴죽을 날렸다.

"아! 이거도 괜찮네!"

그런 대화를 나누며 쇼핑을 마치고 나니, 어느새 오후 여섯 시가 되었다.

오렌지색 햇살이 빌딩 사이로 쏟아지고 있는 마을 안에서, 그녀들은 각자가 산 전리품을 손에 쥐고 있었다.

"이야~, 왕창 샀어."

"코트, 빨리 입어보고 싶네."

"히토미는 그게 마음에 들었나 보네."

요코와 히토미가 그렇게 말하자, 츠구미는 저녁노을을 피하듯 그림자 쪽으로 이동했다.

"좀 쉬었다 가고 싶어~."

콘크리트와 사람에게 둘러싸인 시부야의 마을은 저녁때가 되었는데도 아직 더웠으며, 그녀의 얼마 안 되는 체력 또한 이미 거의 바닥이 났다.

"아하하. 솔직히 말해, 츠구미가 지금까지 계속 서 있다는 것 자체가 기적이야."

요코는 비틀거리는 츠구미를 쳐다보며 웃음을 터뜨렸다. 센터가에서 스크램블 교차점 주위까지 이동한 그녀들은 횡단보도 앞에서 신호가 바뀌기만 기다리고 있는 이들을 쳐다보았다.

"그렇지~? 빨리 어디 좀 들어가자~."

아르바이트를 하는 노래방 세븐스 이외의 장소에서는 보통 『츠구미』라 불리는 그녀는 시부야에 있는 TSUTAYA를 향해 걸어갔다.

"저기~!"

히토미가 쓴웃음을 지으며 츠구미를 따라갔다.

바로 그때였다.

"……아."

눈에 익은 얼굴이 츠구미의 시야에 들어왔다. 스크램블 교차점에서 이쪽, 센터가 쪽으로 걸어오는 이였다. 호리호리한 체격에 키가 크고, 쿨하면서도 어른스러운 분위기를 지닌 한 남자다.

"어라……."

그 사람은 같은 곳에서 아르바이트를 하는 미즈사와 타카히로였다.

하지만 츠구미는 그를 불러 세울 체력이 없었기 때문에, 그냥 쳐다보기만 했다.

"츠구미, 왜 그래?"

요코는 그런 츠구미가 신경 쓰이는지 말을 걸었다.

"으음~. 아는 사람을 발견했어."

"어~, 누군데~?"

츠구미는 힘이 빠진 팔을 대충 들어 올려서 타카히로가 있는 곳을 가리켰다. 그는 마침 횡단보도를 건너더니, 그녀들의 앞을 지나며 센터가 쪽으로 걸어갔다.

"저기 저 사람이야. 흰색 셔츠에 검은색 나비넥타이를 맨…… 어?"

츠구미는 그제야 눈치챘다.

"……나비넥타이?"

그의 복장이 좀 이상했다.

유심히 보니 이상한 건 복장만이 아니었다. 평소에는 부드러운 느낌으로 세팅한 앞 머리카락을 늘어뜨리고 있지만, 오늘은 앞머리를 올려서 이마가 드러나는 스타일로 세팅했다. 머리카락의 질감 또한 평소보다 촉촉해 보였으며, 왠지 위험한 분위기를 자아내고 있었다.

"……응~?"

츠구미는 고개를 갸웃거렸다.

"아~, 저 사람 말이구나! 우와, 엄청 미남이네!"

"어, 저 사람과 아는 사이야? 꽤 어른스러워 보이네!"

친구들이 시끌벅적하게 떠드는 가운데, 츠구미는 당혹스러운 어조로 질문에 답했다.

"으음, 같은 데서 아르바이트를 하고 있는 선배야."

"흐음~! 멋진 사람이네."

요코가 그렇게 말하자, 츠구미는 고개를 끄덕였다.

"뭐, 확실히 잘생기기는 했어."

"맞아! 소개해줘!"

"에이~, 귀찮아."

"그럴 줄 알았다니깐!"

그런 이야기를 나누는 사이, 히토미가 눈을 동그랗게 떴다.

"어? 하지만 츠구미가 아르바이트를 하는 데는 오미야에 있지 않아?"

"응? 맞아~."

"그런데 저 사람, 왠지 일하러 가는 것 같은 복장 아니었어?"

츠구미는 그 말을 듣고 고개를 끄덕였다.

그녀도 그 점이 신경 쓰였다.

"맞아~. 왜 나비넥타이를 한 거지?"

흰색 셔츠에 검은색 나비넥타이. 하의는 몸에 딱 붙는 바지였다. 그의 평소 복장을 생각해보면 사복과는 거리가 멀어 보였다. 그가 나비넥타이를 매고 아르바이트를 하는 모습을, 츠구미는 한 번도 본 적이 없는 것이다.

"어떻게 된 거지?"

"글쎄?"

하지만 츠구미는 생각하는 게 귀찮아졌다.

"저쪽으로 간 걸 보면 저 근처에서 일하는 거겠지, 뭐."

그렇게 대충 결론을 내린 츠구미는 가방에서 레몬티가 들어있는 페트병을 꺼내 목을 적셨다.

"미지근해……."

"거 되게 대충대충이네!"

요코가 딴죽을 날렸지만, 츠구미는 멍한 눈길로 그의 뒷모습을 쳐다보기만 했다.

그는 편의점 비닐봉지 같은 것을 한 손에 쥐고 있었다. 가방을 들지 않은 것을 보면, 뭔가를 사서 일하는 곳으로 돌아가는 길 같았다.

그리고 그는 그대로 센터가에 줄지어 있는 건물 중 하나에 들어갔다.

"아, 들어갔어."

히토미가 말했다.

"어떻게 할까? 쫓아갈래?"

아까부터 타카히로의 외모에 관심을 가지던 요코가 그렇게 말했다.

"어~……."

츠구미는 귀찮다는 듯한 반응을 보였지만, 히토미도 요코의 의견에 동의했다.

"확실히 재미있을 것 같네."

"으음……."

츠구미는 망설였다. 하지만 그건 타카히로에게 자신의 친구를 소개하는 게 싫다기보다, 여기서 수십 미터 떨어진 곳까지 걸어가는 게 귀찮다는 반응이었다. 그녀는 한시라도 빨리 눈앞에 있는 시부야 TSUTAYA 안에 있는 스타벅스에 가서 쉬고 싶었다.

"가자, 가자~! 재미있을 것 같아!"

"요코는 정말 애인이 가지고 싶나 보네!"

요코에게 딴죽을 날리는 히토미 또한, 흥분에 찬 눈길을 머금고 있었다.

츠구미는 생각했다. 가능하면 저기까지 걸어가지 않고 눈앞에 있는 스타벅스에 들어가고 싶다. 하지만, 갈지 말지를 가지고 다투는 것 자체가 더 귀찮다.

한동안 생각에 잠긴 그녀는 투덜거리면서 고개를 끄덕였다.

"그럼 빨리 가자~."

"그렇게 나와야지!"

그렇게 츠구미는 탐험 욕구에 사로잡힌 두 사람을 데리고, 타카히로가 들어간 건물로 향했다.

＊ ＊ ＊

"……저기, 여기에 들어간 거 맞지?"

히토미가 말했다.

"응. 여기에 들어갔어."

요코도 대답했다.

아까 위치에서 수십 미터 떨어진 이곳은 어느 빌딩의 앞이다.

그녀들의 눈앞에는 지하로 이어지는 계단이 펼쳐져 있으며, 그 옆에는 『Bar aqua』라는 간판이 세워져 있었다.

"······바?"

히토미는 약간 겁먹은 듯한 목소리로 그렇게 말했다.

"뭐, 복장 자체는 이런 곳에서 일하는 느낌이기는 했어······."

요코는 납득한 듯한 어조로 그렇게 말했다.

"어, 좀 무섭지 않아?"

히토미는 그렇게 말하며 두 사람의 얼굴을 번갈아 쳐다보았다.

"응. 그리고 여기는 고등학생이 드나들어도 되는 곳이야?"

요코도 불안 섞인 어조로 그렇게 말했다. 하지만 츠구미가 반기를 들었다.

"어~, 여기까지 걸어왔으니까 그냥 들어가자. 돌아가는 것도 귀찮아."

"아니, 100미터도 안 되는데······."

요코는 약간 어이없다는 투로 그렇게 말했지만, 츠구미는 항상 이랬기 때문인지 그녀의 목소리에는 약간의 체념이 어려 있었다.

"미즈사와 씨도 들어갔으니까, 우리도 괜찮을 거야. 저 사람도 고등학생이거든."

"어! 그래?!"

요코는 놀랐다.

"그래~. 그럼 뭐라고 생각했어?"

"아, 대학생일 줄 알았는데……."

"아……."

확실히 어른스러운 분위기를 지닌 그가 오늘은 평소보다 어른스러운 복장을 하고 있었던 것이다. 그렇게 생각하는 것도 무리는 아니었다.

"미즈사와 씨는 우리보다 한 살 많아."

"그, 그랬구나……."

히토미는 계단 너머를 쳐다보면서 그렇게 말했다. 폭이 좁은 계단 끝은 어둑어둑했으며, 푸르스름한 빛이 심플하게 시꺼먼 문을 비추고 있었다.

"자아, 들어가자."

츠구미는 더는 못 기다리겠다는 듯이 그렇게 말하면서 요코의 어깨를 두드렸다.

"으, 응. ……그, 그럼 들어가자."

애초에 가자는 말을 꺼낸 사람이 자기라 그런지, 요코는 마음을 다졌다.

"조, 좋아……."

히토미는 약간 위축된 상태에서 고개를 내렸다. 하지만,

요코와 히토미는 걸음을 내디디지 않았다.

"……하아."

그러자 츠구미는 앞장을 서듯 먼저 계단을 내려갔다.

"기, 기다려, 츠구미~!"

"우리도 갈래~!"

그렇게 세 사람은 『Bar aqua』에 들어갔다.


＊＊＊


"어서 오세요."

세 사람이 약간 묵직한 문을 열면서 가게 안으로 들어가
자, 30대 초 정도로 보이는 올백머리 남성 바텐더가 유리
잔을 닦으며 그렇게 말했다.

가게 안은 어둑어둑했으며, 푸른색 간접조명이 다양한
색깔의 유리병을 비추고 있었다. 약간 큰 음량으로 흐르고
있는 EDM은 유행을 따르고 있는 느낌이며, 이곳이 재즈
바 같은 차분한 공간이 아니라는 것을 알려주고 있었다.
그 점이 요코와 히토미의 긴장을 가속시켰다.

"안녕하세요~."

두 사람과 다르게 전혀 긴장하지 않은 듯한 츠구미가 그
렇게 말하자, 뒤따라 들어온 요코와 히토미도 「아, 안녕하
세요」 하고 인사를 했다.

바텐더는 빙긋 웃으면서 입을 열었다.

"이곳에는 처음 오신 건가요?"

"아, 예~. 그래도 아는 사람이 여기서 일하는 것 같아요."

"아는 사람?"

바텐더가 그렇게 말하자, 츠구미는 가게 안을 둘러보며 입을 열었다.

"미즈사와 씨라는 사람인데요."

그는 그 말을 듣고 납득한 것처럼 고개를 끄덕이더니, 목소리 톤을 높였다.

"아하~! 그 녀석과 아는 사이구나."

바텐더는 가벼운 어조로 그렇게 말하더니, 그대로 가게 안쪽을 쳐다보았다.

"어이~! 유지~! 아는 사람이 왔어~!"

츠구미는 그 말을 듣고 위화감을 느꼈다.

"……유지?"

그러고 보니 미즈사와의 이름은…… 하고 생각하고 있을 때, 가게 안쪽에서 한 남성이 나왔다. 물론 그는 츠구미가 아는 남성이었다.

"예~."

가벼운 발걸음으로 다가오며 미소를 지은 이는 미즈사와 타카히로의 형인 유지였다. 모나리자의 그림이 프린트된 오프화이트의 검은색 롱티셔츠를 입었고, 바지는 무릎 부분이 찢어진 mnml의 파란색 스키니 진즈였다. 목에는 길이가 다른 은색 목걸이를 매고 있었다.

"······오~!"

그는 한순간 난처한 표정을 짓더니, 미소를 지으며 츠구미 일행을 향해 손을 들었다. 그는 뭔가를 찾듯 세 사람을 번갈아 쳐다보았다.

"으음, 안녕!"

그리고 또 친근한 어조로 세 사람에게 인사를 건넸다. 물론 그는 세 사람과 면식이 없다.

그 완벽한 미소를 보자, 세 사람은 당혹스럽다는 듯이 서로의 얼굴을 쳐다보았다.

그렇게 거북한 침묵이 흘렀다.

"아, 제가 아는 미즈사와는 다른 미즈사와예요."

바로 그때, 츠구미가 그렇게 말했다. 그러자 유지는 안심한 듯한 표정을 지었다.

"아! 그렇지?! 이제 안심이 되네~. 전혀 알아보지를 못하겠더란 말이지."

"아하하, 죄송해요. 타카히로 군, 이었나? 제가 아는 건 그쪽이에요."

츠구미는 유지를 향해 가벼운 어조로 그렇게 말하자, 그는 납득한 것처럼 손뼉을 쳤다. 요코와 히토미는 한 걸음 물러선 곳에서 두 사람을 쳐다보고 있었다.

"타카히로 말이구나. 하아, 여자애를 셋이나 데려온 거냐. 그 녀석도 꽤 한다니깐."

그리고 기쁜 듯한 표정으로 몇 번이나 고개를 끄덕이더

니, 「잠깐만 기다려」 하고 츠구미에게 말하며 다시 가게 안쪽으로 향했다.

"예~."

그리고 츠구미는 평소와 다름없는 느릿느릿한 어조로 대답을 한 후, 뒤편에 있는 두 사람을 돌아보았다.

"들었지? 성이 같은 걸 보면, 형제 같아."

그 말을 듣고서야 두 사람의 시간이 다시 흐르기 시작했고, 츠구미에게 작은 목소리로 말을 늘어놓았다.

"저기~, 아무렇지도 않게 이야기를 나누네?!"

"저 사람은 처음 만난 것 맞지?!"

두 사람이 당황한 어조로 그렇게 말하자, 츠구미는 당혹스러워했다.

"아…… 처음 만난 거긴 한데, 긴장할 일은 아니잖아?"

츠구미는 당연하다는 듯이 그렇게 말했다.

"긴장하는 게 정상이거든?!"

"맞아~! 여기는 분위기도 꽤 수상쩍거든?! 점원들도 하나같이 멋지잖아!"

두 사람이 츠구미에게만 들릴 듯한 목소리로 그렇게 말하자, 그녀는 고개를 끄덕였다.

"응. 방금 그 두 사람도 꽤 잘생겼네."

"으, 응."

"그, 그래."

계속 핀트가 어긋난 반응을 보이는 츠구미를 본 두 사람은 당혹스러워하면서도, 그녀의 여유가 믿음직하게 느껴졌다.

　바로 그때였다.

　"으음. 어, 구미?!"

　가게 안쪽에서 나온 이는 바로 미즈사와 타카히로였다. 아까 츠구미 일행이 봤던 것처럼, 흰색 셔츠에 나비넥타이 차림이며, 머리 모양 또한 이마가 드러나는 스타일이었다. 그는 츠구미 일행을 보더니 깜짝 놀랐다.

　"아, 미즈사와 씨. 안녕하세요."

　츠구미가 평소와 다름없는 어조로 그렇게 말하자, 타카히로는 쓴웃음을 지었다.

　"아니, 안녕 못하거든?"

　타카히로는 목덜미를 손가락으로 긁적였다.

　"그런데, 여기에는 어쩌다 온 거야?"

　츠구미는 그 말을 듣더니, 태연한 어조로 말했다.

　"우연히 미즈사와 씨를 봤거든요. 그래서 그냥 따라와 봤어요."

　"아~, 그렇게 된 거구나……."

　타카히로는 한숨을 내쉬었다.

　한편, 타카히로를 뒤따르듯 나타난 유지는 그들의 대화를 흥미롭다는 듯이 듣고 있었다.

　"뭐야. 타카히로가 데려온 게 아니었어?"

　타카히로는 그 말을 듣더니, 미간을 찌푸렸다.

"응. 부르지도 않았는데, 멋대로 왔어."

"저기, 말이 심하잖아요~!"

"하하하."

"그런데 이런 데서 뭘 하고 있는 거예요?!"

히토미와 요코는 그저 조용히 이야기를 듣고 있었다.

"뭐, 형이 부점장인 가게의 일을 돕고 있는 건데……."

타카히로의 시선이 히토미와 요코를 향했다.

"저 두 사람은 구미의 친구야?"

요코와 히토미는 그 갑작스러운 말을 듣고 놀랐는지, 숨을 삼켰다.

"으, 으음. 아, 예!"

"그랬구나~. 그럼 구미와 동급생이겠네?"

"그, 그래요!"

요코가 상기된 목소리로 그렇게 말했다.

"그렇구나. 그럼 술은 대접 못 하겠지만 느긋하게 있다가. 카운터 자리도 괜찮지?"

"아, 예!"

평소와 다름없는 츠구미와 달리, 두 사람은 몸을 잔뜩 움츠린 채 고개를 끄덕였다. 그리고 세 사람은 타카히로가 안내해준 카운터 자리에 앉았다.

"아, 이 사람이 우리 형이야. 그리고 저 사람이 이곳의 마스터지."

"아, 아하!"

"그렇군요!"

타카히로가 두 점원을 소개해주자, 요코와 히토미는 약간 부자연스럽게 맞장구를 쳤다.

"하하하. 뭐, 긴장 풀어. 이런 곳에는 처음 와본 거야?"

"아, 예. 처음이에요."

히토미가 약간 굳은 목소리로 대답했다.

"그래. 그럼 뭘 마실래?"

"으, 으음……."

두 사람이 망설이자, 타카히로는 문득 좋은 생각이 났다는 투로 입을 열었다.

"아, 기왕이면 바 느낌이 나는 걸 마시겠어? 두 사람 다 단 걸 좋아해?"

"으, 으음, 좋아해요."

요코가 대답했다.

"거기 너는?"

"이, 일단 못 마시지는 않아요!"

히토미는 그 말을 듣고 당황한 어조로 말했다.

"으음, 선호하지는 않나 보네. 그럼 달콤한 것과 깔끔한 칵테일을 하나씩 내줄게. 아, 물론 논알코올이야. 괜찮지?"

타카히로가 태연하게 이야기를 이어가는 가운데, 두 사람은 겨우겨우 따라가는 것 같았다.

"아, 예!"

"가, 감사해요!"

이 장소의 분위기 때문인지, 요코와 히토미는 그대로 휘둘렸다. 타카히로는 두 사람을 향해 빙긋 미소 짓더니, 그대로 츠구미를 향해 고개를 돌렸다.

"그런데, 구미는 뭘 마실래? 녹차?"

타카히로가 자연스럽게 그렇게 말하자, 히토미와 요코는 웃음을 터뜨렸다.

"너무해요~! 세상에서 가장 귀여운 걸로 주세요♡"

"그래. 맡겨만 줘."

타카히로는 그렇게 말한 후, 익숙한 손놀림으로 드링크를 만들기 시작했다. 세 종류의 잔을 내놓더니, 그 안에 진한 색을 띤 액체와 탄산수, 자른 과일 같은 것을 넣었다.

그 모습을 보던 요코와 히토미는 자신들 사이에 앉은 츠구미를 향해 작은 목소리로 말했다.

"저기! 저 사람, 뭐야?! 고등학생 같아 보이지 않거든?!"

"동감이야!"

아까도 한 듯한 이야기를 두 사람이 늘어놓자, 츠구미는 아하하 하고 쓴웃음을 흘렸다.

"평소에도 꽤 어른스럽지만, 오늘은 평소보다 더 나이든 티를 팍팍 내는 게 짜증 날 정도야."

츠구미가 아무렇지도 않게 그런 말을 늘어놓자, 요코와 히토미는 그런 그녀를 지그시 쳐다보았다.

"왠지 사이가 좋아 보이네?"

요코가 말했다.

"어~, 그래?"

"하지만 진짜로 그렇게 보이기는 해! 한 살밖에 차이 안 나는데 말이야!"

히토미도 작은 목소리로 그렇게 말했다.

"저기, 무슨 이야기를 그렇게 하는 거야?"

"꺄앗?!"

바로 그때 느닷없이 들려온 목소리에 두 사람은 놀라더니, 타카히로는 크크큭 하고 만족스러운 웃음을 흘렸다.

"자아, 주문하신 음료 나왔습니다."

타카히로는 약간 사디스틱한 웃음을 흘리면서 아무 일도 없었다는 듯이 세 사람 앞에 다른 색깔의 논 알코올 칵테일을 뒀다.

"가, 감사해요."

심장이 빠르게 뛰기 시작한 두 사람은 그 칵테일을 쳐다보며 뭐라고 말해야 할지 생각했다.

"으음, 이건 이름이 뭔가요?"

요코가 그렇게 말하자, 타카히로는 씨익 웃으면서 오른쪽에 놓인 칵테일부터 차례차례 가리키며 말했다.

"이것부터 파이어스톤, 웨이팅 포 러브, 패스트 카."

"흐음~."

요코와 히토미는 그 이름을 듣더니 눈을 반짝이며 고개를 끄덕였다.

"……의 논알코올 버전이야. 전부 우리 가게의 오리지널

칵테일인 것 같아."

"아하하, 확실치는 않은 거예요?"

히토미가 웃음을 터뜨리며 그렇게 말했다.

"나는 만드는 법만 배웠거든. ……아, 맞다."

타카히로는 뭔가 생각이 난 듯한 어조로 말했다.

"이쪽 이름은 가르쳐줬는데, 그쪽 이름은 어떻게 돼?"

타카히로는 두 사람을 번갈아 쳐다보았다.

"아하하. 저희 이름말이에요?"

"응."

"멋진 영어 이름이 아닌데, 괜찮아요?"

히토미는 약간 긴장이 풀렸는지 그런 농담을 건넸다.

"하하하. 괜찮아. 내 이름도 타카히로거든."

"후지이 히토미예요~."

"으음, 마미야 요코라고 해요."

"히토미 양과 요코 양이구나. 잘 부탁해."

그런 타카히로를 츠구미가 도끼눈으로 쳐다보았다.

"미즈사와 씨, 오늘 처음 본 사람은 대뜸 이름으로 부르는 건 좀 그렇지 않아요~?"

"시끄러워. 구미도 여기서는 나를 타카히로 씨라고 불러도 돼."

"됐어요~."

츠구미가 늘어지는 목소리로 그렇게 말하자, 타카히로는 의미심장한 표정을 지었다.

"하지만 여기서 나를 미즈사와라고 부르는 건 좀 그럴 걸?"

"어, 왜요?"

"그럼 불러봐. 큰 목소리로 미즈사와 씨~ 하고 말이야."

"예? 좋아요. 미즈사와 씨~!"

그러자 안쪽에서 타카히로의 형인 유지가 익살스러운 포즈를 취하면서 나왔다.

"부르셨습니까, 손님! 저도 미즈사와입니다~!"

명백하게 기회를 엿보고 있었던 것 같은 그 반응을 본 네 사람은 크게 웃었다.

"아하하. 형님 분도 동생 분을 닮아서 꽤 짜증 나는 타입이네요."

츠구미는 유쾌한 어조로 유지에게 딴죽을 날렸다.

"고마워♡"

유지가 너스레를 떨자, 타카히로는 주먹을 말아 쥐었다.

"역시 형이야."

"그렇지? 실은 너희 이야기에 귀를 기울이고 있었거든."

"으, 징그러~."

그리고 동생과 주먹을 맞댄 유지는 다시 힘차게 가게 안쪽으로 들어갔다.

그렇게 멋진 호흡을 선보인 형제를 본 히토미는 웃음을 터뜨렸고, 그러자 몸과 함께 오른손에 쥔 칵테일이 흔들렸다.

"이 가게, 진짜 재미있네~!"

히토미는 술을 입에 대지도 않았는데, 왠지 취한 것처럼 보였다.

"하하하. 마음에 들었어?"

"예~! 엄청 마음에 들었어요~!"

그리고 칵테일을 단숨에 들이키더니, 잔을 받침에 내려놓았다.

"아~, 왠지 술을 마시고 싶은 기분이야~."

히토미는 웃으면서 두 팔꿈치를 카운터에 올려놓더니, 타카히로를 지그시 쳐다보았다.

"하하하, 히토미 양. 그랬다간 우리 가게는 문 닫아야 해."

"그렇겠죠~. ……그럼 술 안 들어간 걸로 한 잔 더 부탁해요!"

"좋아~."

히토미가 유감스러워하며 주문을 하자, 타카히로는 또 드링크를 만들었다.

"아, 요코 양도 한 잔 더 할래? 구미는 엽차면 되지?"

"아, 정말~!"

그렇게 즐거운 시간이 흘러갔다.

\* \* \*

"오늘은 감사했어요~!"

어느새 아홉 시가 되었다. 사이타마에 사는 츠구미 일행은 집에 돌아갈 시간을 생각하면 꽤 늦은 시간이기에, 이제 해산하기로 했다.

"나야말로 고마워. 또 와."

"그럴게요~!"

완전히 긴장이 풀린 요코가 힘차게 대답했다.

"타카히로 씨는 이 가게에 항상 계신가요?"

히토미가 그렇게 묻자, 타카히로는 으음~ 하고 신음을 흘리며 고개를 갸웃거렸다.

"아, 거의 없어~. 지금은 여름방학이라 형의 일을 돕지만, 보통 때는 없지."

"아~! 그런가요! 하지만 여름방학은 곧 끝나잖아요!"

타카히로는 고개를 끄덕였다.

"뭐, 일단 명함을 줄게. 미리 올 거라고 말해주면 시간을 낼 수 있을지도 모르거든."

"알았어요~!"

타카히로는 검은색 종이에 흰색으로 글자가 인쇄된 명함을 세 사람에게 나눠줬다.

"아, LINE의 ID도 있어!"

명함을 받은 요코가 환한 목소리로 그렇게 말했다.

"그래. 생각 있으면 등록해줘."

타카히로는 태연한 어조로 그렇게 말했다.

"예~!"

히토미는 밝은 목소리로 대답했다.

"그럼, 다음에 봐."

"라져~."

츠구미는 나른한 어조로 그렇게 말한 후, 세 사람은 인사를 하며 가게를 나섰다.

가게 문이 닫힌 후, 타카히로는 앞에 있던 잔의 물방울을 닦으면서 한숨 돌렸다.

"……휴우."

"수고했어."

"아, 마스터. 감사합니다."

타카히로는 주위를 둘러보았다.

"어라? 형은요?"

"지금 담배 휴식 중이야."

"아하."

타카히로가 그렇게 말하자, 마스터는 약간 의미심장한 미소를 지으며 그의 얼굴을 쳐다보았다.

"……왜 그래요?"

"이야~, 방금 그 세 명은 레벨이 꽤 높았지?"

"아~. 뭐, 그랬죠."

"역시 너는 바텐더에 적성이 있어."

"하하하. 감사합니다."

마스터는 그 말을 듣더니, 왼쪽 입술 가장자리를 추켜올렸다.

"나중에 들어왔던 그 두 사람 말이야. 너한테 엄청 관심이 있어 보이던데, 어쩔 거야?"

마스터가 꿍꿍이가 있는 듯한 어조로 그렇게 묻자, 타카히로 또한 비슷한 미소를 지었다.

"아…… 일단 같이 한 번 놀아볼까 해요."

타카히로가 웃으면서 그렇게 말하자, 마스터는 고개를 끄덕였다.

"응. 역시 너는 바텐더에 적성이 있어."

"전국의 바텐더가 그 말을 들으면 화낼 것 같은데요."

"그들이 화낼 만한 짓을 하지 말라고."

"그건 걱정 마세요."

두 사람은 함께 나쁜 짓을 꾸미듯 서로를 쳐다보며 웃음을 흘렸다.

바로 그때, 마스터는 진지한 눈빛을 머금으며 입을 열었다.

"그런데~. 너는 애인을 안 만들 거야?"

"으음~. 어떻게 할까요?"

타카히로는 다 닦은 잔을 선반에 두면서 대답했다.

"뭐, 그렇게 이성과 놀기만 하는 것도 좋지만 말이야. 한 번 정도는 제대로 된 찐한 사랑을 해보는 편이 남자로서 완숙미가 생길 거라고 생각하거든."

"하하하. 경험담 느낌이 물씬 나는 말이네요."

"하하, 그래? ……잠깐만, 말 돌리지 마."

마스터는 약간 멋쩍어하더니, 곧 이야기의 궤도를 수정했다.

"어휴. 뭐, 좋아하는 여자애가 있다면 괜찮겠지만서도."

마스터가 투덜대듯 그렇게 말하자, 타카히로는 당연하다는 듯이 입을 열었다.

"어? 있는데요?"

"뭐?"

마스터가 입을 쩍 벌리자, 타카히로는 말을 이었다.

"좋아하는 여자애 말이에요. 있어요."

마스터는 한동안 얼어붙어 있더니, 곧 초조한 듯한 어조로 말했다.

"잠깐만 있어 봐. 처음 듣는 소리거든?"

"하하하. 그야 물어보지 않았잖아요."

"오~, 맙소사~. 대체 어떤 여자야?"

"어떤 여자라뇨?"

"연상의 미녀라든가 말이야. ……설마, 유미코 양이야?"

"아뇨."

타카히로는 쓴웃음을 흘렸다.

"평범한 동급생이에요."

"……흐음."

마스터는 감탄한 듯한 어조로 말했다.

"네가 반한 고등학생이라. 보통내기가 아니겠는걸."

타카히로는 그 말을 듣더니 크크큭, 하고 웃음을 흘렸다.

"뭐, 맞아요. 이 가게에 오는 연상 누님들보다도 훨씬 무시무시하죠."

"호오, 그렇구나."

그리고 마스터는 만족한 듯이 웃음을 흘렸다.

"그럼 됐어."

마스터는 안심한 것처럼 한숨을 내쉬었다.

"그건 또 무슨 소리예요?"

타카히로가 웃으면서 그렇게 말하자, 마스터는 그의 어깨를 두드렸다.

"응. 그래야 타카히로지."

"그 말은 또 무슨 의미예요?"

"그 여자를 손에 넣었을 때, 너는 분명 전설의 바텐더가 될 거야."

"하하하. 저는 어디까지나 도우미로서 바텐더를 하는 건데요."

"매정하네."

두 사람은 그런 이야기를 나누며 또 웃음을 터뜨렸다.

그리고 타카히로는 생각했다.

——손에 넣을 수 있을까.

지금의 그는 아직 그녀의 마음이 얼마나 깊은지도 아직 파악하지 못했다.

타카히로는 길쭉한 유리잔을 손에 쥐더니, 가게 안을 밝히고 있는 푸른색 조명에 아랫부분을 비췄다. 차갑게 빛나는 푸른빛은 온기와 어두움을 동시에 갖추고 있는 것 같았다.

"뭐, 느긋하게 기다려볼래요."

타카히로는 유리잔의 밑바닥을 쳐다보면서 가벼운 어조로 말했다.

"──쫓아다니는 건 직성에 안 맞거든요."

그렇게 말한 타카히로의 입가에는 미지의 무언가를 기대하고 있는 듯한, 그런 미소가 어려 있었다.

The Low Tier Character
"TOMOZAKI-kun";

# 10 그리고 그 후의 이야기

"뭐?"

"그럼 안녕~!"

나는 아연실색한 토모자키를 내버려 둔 채, 내달리기 시작했다. 그리고 한 번도 돌아보지 않으며 모퉁이를 돌았다. 이제 토모자키에게 내 모습이 보이지 않겠지만, 그래도 나는 계속 뛰었다. 내가 뛰는 속도에 맞춰 흘러가고 있는 경치 안에서, 그것보다 빠르게 회전하며 혼란에 빠져 있는 머릿속이 내 심장을 엉망진창으로 흐트러뜨렸다.

어쩌지, 어쩌지, 어쩌지. 말했어. 말했단 말이야!

말할 생각은 없었는데, 나 자신도 내 마음을 완전히 파악하지는 못했는데…….

무심코, 말하고 말았다.


그런 의미로 『좋아한다』고, 말이야!


나는 맨션 뒤편으로 가서 턱에 걸터앉은 후, 안절부절못하며 깍지를 꼈다. 흐트러진 호흡은 방금 뛴 탓만은 아닐 것이다. 산소가 부족해서 눈앞이 반짝거렸다. 입술 또한 쉴 새 없이 떨렸다.

"……토모자키."

조그마한 목소리로 방금 중얼거린 말이 너무 부끄러운 나머지, 얼굴이 화끈거렸다.

"와아~!! ……이제 다 싫어."

마음 밖으로 수도 없이 흘러넘쳤는데도 여전히 마음속을 가득 채우고 있는 감정. 그것을 억지로 발산하듯 고함을 질렀지만, 가슴 속에서 소용돌이치고 있는 열기가 사라지려 하지 않았다.

"……하아."

입 밖으로 토한 숨결이 왠지 뜨거웠다. 마음이 구현되듯 새하얀 입김이 되더니, 인정사정없이 내 얼굴에 닿았다.

"으으……."

무심코 그 말을 입에 담고 말았다. 그 감정을 전하고 말았다.

토모자키가 키쿠치 양과 친하게 지내고, 아오이와 묘하게 가깝게 지내며, 여고의 문화제에 갔다는 이야기를 들은 데다, 그의 인스타그램에 여자애가 등장했다. 그리고 그때마다 내 마음은 흔들린 것이다.

하지만 나는 그 마음에서 쭉 눈을 돌렸으며, 그럴 리가 없다고 되뇌었다. 평소와 다름없는 모습으로, 토모자키를 대한 것이다.

하지만, 실은 알고 있다.

나는 이제, 변명할 수도 없을 만큼…….

──토모자키를 좋아하는 것이다.

눈을 돌리고 있는 사이, 감정이 부풀어 올랐다. 분명 그 감정에 맞춰, 자신의 마음을 해방해서 본인에게 전한다면, 편해질 수 있을지도 모른다고 기대하는 부분도 있었다.

하지만, 대체 어떻게 된 걸까.

이렇게 본인에게 마음을 전했는데도, 가슴이 진정되지 않아.

그뿐만 아니라, 더 괴로워.

이미 말을 해버렸으니 돌이킬 수가 없고, 그렇다고 아무것도 하지 않으며 있을 수는 없으니까, 나는 토모자키의 인스타그램에 들어가서 몇 번이나 몇 번이나 갱신했다. 거기에 토모자키의 감정이 올라올 리가 없는데 말이다. 그걸 알고 있는데도 말이다.

왠지 신경이 쓰여서 토모자키와의 LINE 토크 화면을 다시 체크해봤지만, 만약 이때 토모자키에게서 메시지가 오면 바로 읽었다는 게 표시될 것 같아서 바로 관뒀다. 하지만 지금까지 한 번도 갱신한 적 없는 토모자키의 LINE 타임라인을 몇 번이나 갱신해봤고, 『카시와자키 사쿠라』의 『자키』가 눈에 들어오자 화들짝 놀라기도 했다. 게다가 토모자키와의 LINE 홈화면을 펼쳐서 『아직 투고되지 않았습니다.』라는 문자를 보며 한숨을 내쉬었다. 진짜 갈 데까지 간 것 같았다.

그렇다. 이렇게 계속 체크를 해보니까 더 응어리가 생기는 것이다. 그렇게 생각한 나는 핸드폰의 전원을 껐지만, 어쩌면 지금 토모자키한테서 메시지가 왔을지도 모른다는 생각이 들어서 바로 다시 켰다. 그리고 아무것도 오지 않았다는 것을 확인하고 낙담하며 다시 풀이 죽었다.

아아, 정말. 나 자신도 내가 뭐 하는 건지 모르겠다. 나는 진짜로 갈 데까지 간 걸지도 모르겠다.

"……나는, 바보야."

타마에게 세계제일의 바보라는 말을 들은 적이 있지만, 어쩌면 그게 사실일지도 모른다. 무턱대고 고백 같은 소리를 해놓고, 이렇게 도망쳐버렸으니까 말이다.

그래. 나는 아까 고백을 했어.

토모자키를── 남자로서, 좋아한다고 말이다.

문득 머릿속에 토모자키의 얼굴이 떠올랐다.

믿음직스럽지 못하지만, 여차할 때는 정면과 현실을 똑바로 바라보는 강렬한 눈빛.

건방지게도 나보다 크고 듬직한, 키와 어깨.

자신을 바꾸기 위해 노력하지만── 예전과 별반 다르지 않은, 그런 믿음직스럽지 못한 미소.

그런 기억 하나하나가 내 마음을 뒤흔들었다.

"……앞으로 어떻게 될까?"

차분하게 생각해보려고 하자, 부정적인 생각만이 머릿속을 스쳤다. 내일부터 찾아올 모든 일이 두렵다.

토모자키의 얼굴을 떠올리자, 마음이 옥죄어들었다.

차일지도 모른다고 생각하니, 마음이 떨렸다. 하지만, 그것보다도 토모자키와 서먹한 사이가 되어서 예전처럼 지내지 못하게 되는 것이 가장 두렵다.

그럴 바에야 차라리 아무 일도 없었던 걸로 하고, 그냥 예전처럼 자신을 대해줬으면 좋겠다. 그런 생각이 머릿속을 스쳤지만, 그래봤자 결국 예전과는 다른 관계가 될 것이다.

역시 대답을 기다려야만 하는 걸까. 그렇다면 내가 아무 말도 하지 않는 편이 좋을 것이다. 이럴 때 말이 많았다간 재촉하는 것처럼 느껴질지도 모르니까 말이다. 성가시다거나 귀찮게 여겨질지도 모른다. 하지만 어필을 안 한다면, 다른 여자애들과 별반 차이가 없을까? 아니면? 아, 대체 뭐 하는 거야! 진짜 모르겠네!

싫어. 이제 다 싫어. 나는 나름대로 생각이 많은 편인 줄 알았는데, 왜 하나같이 뜻대로 안 되는 데다 힘들기만 한 거야? 이건 이상하잖아. 너무 괴로워.

저기 말이야. 인생이라는 건, 너무 어려운 거 아냐?!

오래간만입니다. 야쿠 유우키입니다.

데뷔 3년차에 접어들자 작가라는 직업에도 익숙해져서, 요즘에는 자기소개를 할 때 「라이트노벨 작가인 야쿠 유우키라고 합니다」라고 말해도 겸연쩍지 않습니다. 최근 들어서는 본명으로 불릴 때 겸연쩍은 느낌을 받으면서, 오히려 위기감을 느끼고 있습니다.

자아, 지난 권이 발매되고 석 달 만에 나온 이 책은 『약캐 토모자키 군』시리즈 첫 단편집입니다. 여러분, 즐기셨는지요.

Twitter로 발표했을 때는 많은 분들에게서 「왜 그 6권 다음에 단편집을 내는 거야」, 「작가는 독자들을 말려 죽일 심산인 걸까」, 「매상 좀 좋다 싶으면 단편집부터 내려고 드는 건 출판사 측의 나쁜 버릇이다」, 「야쿠 유우키는 자기 필명 검색하지 말고 집필이나 해라」 같은 소리가 있더군요. 그런 글을 볼 때마다 납득했으며, 또한 그런 독자 여러분께서도 「이런 걸 쓰고 싶어서 단편집을 내는 거구나」 하고 생각해주신다면 정말 영광일 것 같습니다.

또한, 이달 초에는 Pasco의 식빵 『초열』의 광고 캐릭터로 이 작품의 미미미가 채용되어, 요미우리신문의 전면광고가 실린다는 엄청난 일이 일어났습니다. 이건 어디까지나 운이 좋았으며, 제힘으로 일궈낸 게 아닙니다만, 그래도「내 실력 덕분이야」같은 표정으로 마구 자랑을 할 생각입니다. 여러분, 잘 부탁드립니다.

그리고 저 혼자만의 힘이 아니라 이 시리즈에 관여해주신 많은 분들 덕분에 그런 기적 같은 일이 벌어진 거라고 생각합니다. 출판사와 인쇄소 여러분, 배송업자와 서점 분들, 그리고 교정자 님. 그리고 이번 권 첫 컬러삽화의 왼쪽 아래편에 언뜻 드러나 있는 히나미 아오이의 흰색 양말. 그렇게 많은 분들이 버팀목이 되어주신 덕분에 이『약캐 토모자키 군』이 존재할 수 있다고 생각합니다.

기습을 너무 중시한 바람에 영문 모를 소리처럼 들릴지도 모릅니다만, 평소의 그 코너가 시작되는 것뿐이니 안심하며 이대로 쭉 읽어주셨으면 합니다.

자아, 이 흰 양말을 통해 알 수 있는 건, 완벽에 다가서고 있는 중학생 시절의 히나미 아오이에게서 흘러나오는 『그 나이 또래의 앳됨』입니다.

그 점에 대해 이야기하기 전에, 우선 그녀의 완벽함에 대해 이야기할 필요가 있을 겁니다.

예를 들자면, 잘 정리된 손톱에 주목해주시죠. 너무 길지도 짧지도 않고, 아마 자신의 손가락이 아름답게 보이도록 연출하고 있던 그 손가락은 보는 이들을 매료시키는 정감을 드러내고 있습니다. 마치 유혹하듯 이쪽을 향하고 있는 손바닥에서는 중학생답지 않은 색기마저 감돌고 있습니다.

또한 세일러 교복의 옆트임 사이로 보이는 복부, 그리고 얇은 옷 너머로 드러난 피부는 그녀가 피치 못할 사정으로 내의를 입고 있지 않은 것처럼 보일 수도 있을 겁니다. 하지만 내의를 일부러 입지 않아서 색기를 연출하고, 퍼펙트 히로인으로서의 확고한 지위를 얻기 위한 자기 프로듀스의 일환이라고 볼 수도 있겠죠.

어쩌면 희미한 볼 터치, 짧게 조절된 스커트 자락, 희미하게 말린 머리카락도 마찬가지일 겁니다. 완벽을 손에 넣기 위한 시행착오를 반복하고 있는 중학교 시절의 그녀에게 있어, 『자신의 겉모습을 어떻게 보여줄 것인가』는 매우 알기 쉬운 테마이며, 그 노력을 타인이 보고도 알 수 있는 형태로 명확하게 표출되고 있습니다.

결정타는 자신만만하면서도 도발적인 표정입니다. 아마 그녀는 이 단계에서 자신을 연출하고 있으며, 그 완벽함을 자각하고 있을 겁니다. 그야말로 『촌티를 벗었다』, 『중학생으로 보이지 않는다』라는 평가마저 받고 있을 겁니다.

즉, 그녀는 이 시점에서 온갖 면에 있어 『완벽』, 퍼펙트 히로인으로서의 명실(名實)을 손에 넣었다고 할 수 있을 겁니다.

하지만, 그런 완벽에서 드러나는 미세한 틈── 흰색 양말. 거기서 느껴지는 『그 나이 또래의 앳됨』. 그것이야말로 이 삽화 속 히나미 아오이를, 현실의 세계로 이끌고 있는 겁니다.

고등학생이 되면 감색과 검은색 양말을 주로 신게 되지만, 아마 교칙이나 풍조에 얽매이면서『중학생으로 보이지 않는』히나미 아오이가『흰색』을 선택하고 마는 거죠.

그것은 주위에서 볼 때『이 애는 역시 중학생이구나』하고 생각하게 하는, 그녀가 바라지 않는 틈입니다. 떨쳐낼 수 없는 낙인── 즉,『그 나이 또래의 앳됨』입니다.

어른이 되기 위해 발돋움을 하고, 어느새 그것을 당연시하게 됐죠. 자기도 눈치채지 못할 만큼 무의식적으로, 발돋움하게 된 거예요. 발돋움하고 있다는 것은 대부분의 이들이 눈치채지 못했고, 그 자세가 자신의 원래 모습이라 여기죠. 그런 그녀의 완벽함 안에 숨겨져 있는, 완벽하기에 존재하는 인공적인 틈. 그것이 바로 이 흰색 양말입니다.

즉── 그런 허세 같은 **발돋움**이 표출되는 것은 역시『발치』였다, 라는 겁니다.

그리고 그 발돋움의 상징이 표지에서는 보이지 않고, 컬러 삽화에서 비로소 드러났다는 것도, 어쩌면 그녀의 완벽성을 암시하는 걸지도 모릅니다.

그럼 감사 인사를 드리겠습니다.

일러스트를 맡아주신 플라이 씨. 9999로 최대치에 도달한 줄 알았던 미려함이 10005에 도달한 듯한 압도적인 일러스트, 항상 감사드립니다. 999999까지 갈 수 있을 것 같습니다. 저도 팬입니다.

담당 편집자이신 이와아사 씨. 지난 권에서『다음 권에

서는 이러지 않겠습니다』라는 맹세를 한 결과, 지난 권만큼은 아니지만 어머 큰일이네, 정도가 되었습니다. 야쿠 유우키, 대단해~.

그리고 독자 여러분. 요즘 들어 마음에 들어요 폭격을 받게 되었고, 팬분들과 교류할 기회도 늘었습니다. 항상 응원해주셔서 감사합니다. 그리고 묵묵히 이 책을 구매해 읽어주시는 분들께도 진심으로 감사드립니다. 앞으로도 가슴 뛰는 작품을 제공해드릴 수 있도록 노력할 테니, 앞으로도 잘 부탁드립니다.

그럼 다음 권을 통해 다시 뵐 수 있기를 진심으로 빌겠습니다.

야쿠 유우키

안녕하십니까. 근로청년 번역가 이승원입니다.

『약캐 토모자키 군』 Lv.6.5을 구매해주셔서 진심으로 감사드립니다.

『약캐 토모자키 군』의 첫 단편집은 재미있게 읽으셨는지요.

등장인물들의 드러나지 않았던 일면, 그리고 내면을 다루며 전개되는 내용은 정말 신선한 느낌이었습니다.

특히, 토모자키의 시점에서 묘사된 에피소드가 다른 캐릭터의 시점에서 묘사되는 부분이 참 재미있게 느껴졌습니다.

후기에서 작가님께서 말씀하셨다시피,『이런 걸 쓰고 싶어서 단편집을 내는 거구나』하고 생각하게 됐죠. ^^

6권까지 스토리가 전개되며 토모자키 군은 크게 성장했고, 6권 마지막에는 이 작품의 커다란 터닝 포인트가 될 수 있는 부분이 다뤄졌습니다.

그에 따라, 각 등장인물의 내면, 그리고 앞으로의 스토리 전개에 도움이 될 요소들을 드러내기 위한 역할을 담당하고 있는 것이 바로 이 단편집이라고 생각합니다.

독자 여러분께서도 재미있게 즐겨주셨기를 빕니다!

그럼 이만 줄이겠습니다.

이 작품을 저에게 맡겨주신 소미미디어 편집부 여러분. 이번에도 폐 많이 끼쳤습니다. 2019년도 잘 부탁드립니다.

악우들이여. 마감인 사람 버리고 너희끼리 고기 먹으러 가야 했던 거냐……. 물론 햄버거 사다 줘서 고맙긴 하다만……. 크으, 콜라 대신 커피 사다주는 센스쟁이 자식들.ㅠㅜ

마지막으로 언제나 제게 버팀목이 되어주시는 어머니와 『약캐 토모자키 군』을 읽어주신 모든 분들에게 진심으로 감사드립니다.

미미미의 고백에 대한 토모자키의 대답이 그려질 7권 역자 후기 코너에서 다시 뵙겠습니다!

2019년 1월 중순
역자 이승원 올림

JAKU CHARA TOMOZAKI-KUN Lv.6.5
by Yuki YAKU
©2016 Yuki YAKU Illustrated by FLY
All rights reserved.
Original Japanese edition published by SHOGAKUKAN.
Korean translation rights in Korea arranged with SHOGAKUKAN
through Shinwon Agency Co.

# 약캐 토모자키군 Lv.6.5

2020년 12월 31일 1판 2쇄 발행

**저　　자** 야쿠 유우키
**일러스트** 플라이
**옮긴이** 이승원
**발행인** 유재옥
**본부장** 조병권
**담당편집자** 정영길
**편집부** 김다솜 김민지 오준영 이성호 곽혜민 김혜주 정영길 조찬희
**미　　술** 김보라 서정원
**라이츠담당** 김슬비 한주원
**디지털** 박상섭 이성호 최서윤
**발행처** ㈜소미미디어
**제작처** 코리아피앤피
**등　　록** 제2012-000365호
**주　　소** 서울시 마포구 토정로 222, 403호(신수동, 한국출판콘텐츠센터)
**판　　매** ㈜소미미디어
**마케팅** 한민지 이주희 우희선
**전　　화** 편집부 (070)4164-3962, 3963 기획실 (02)567-3388
　　　　판매 및 마케팅 (070)4165-6688, Fax (02)322-7665

ISBN 979-11-6389-473-5 04830
　　　979-11-5710-883-1 (세트)